罗尔德·达尔
ROALD DAHL

· 罗尔德·达尔作品典藏 ·

好心眼儿巨人

刘海栖 主编

[英] 罗尔德·达尔 著

[英] 昆廷·布莱克 绘

任溶溶 译

明天出版社·济南

山东省著作权合同登记号：图字 15-2008-110 号

图书在版编目（CIP）数据

好心眼儿巨人/ [英]达尔（Dahl,R.）著；任溶溶译.—济南:明天出版社，
2009.3（2025.9重印）

（罗尔德·达尔作品典藏）

ISBN 978-7-5332-5955-6

Ⅰ.①好… Ⅱ.①达… ②任… Ⅲ.①童话—英国—现代 Ⅳ.①I561.88

中国版本图书馆 CIP 数据核字（2009）第 001369 号

Hao Xinyanr Juren

好心眼儿巨人 罗尔德·达尔作品典藏

[英] 罗尔德·达尔 著　　[英]昆廷·布莱克 绘　　任溶溶 译

出版人：李文波
策划组稿：傅大伟
责任编辑：孙丽雪
美术编辑：武岩群
出版发行：山东出版传媒股份有限公司
　　　　　明天出版社
地　　址：山东省济南市市中区万寿路19号
网　　址：http://www.tomorrowpub.com

经销：新华书店　　印刷：济南乾丰云印刷科技有限公司
版次：2009 年 3 月第 1 版　　印次：2025 年 9 月第 90 次印刷
规格：148 毫米 ×202 毫米　32 开　8.25 印张　95 千字
书号：ISBN 978-7-5332-5955-6　　定价：25.00 元

人物介绍

好心眼儿巨人

索菲

吃人肉块巨人

空军首脑和陆军首脑

女王

目　录

巫师出没时刻

索菲睡不着。

很亮的月光从窗帘上的一条小缝斜斜地照进来，正好照在她的枕头上。

宿舍里，其他孩子好几个钟头以前就睡着了。

索菲闭上眼睛，躺在那里一动不动。她拼了命要睡着。

没有用。月光在房间里像把银刀那样切下来，正好落在她的脸上。

整座房子绝对安静。楼下没有一点儿声音传上来。头顶上的一层也没有脚步走动的声音。

窗帘后面，窗子是敞开着的，可是外面人行道上没有人在走路。街道上没有汽车开过。四面八方，哪里都没有一丁点儿声音。索菲从来不知道会静成这个样子。

她心里想：也许这就是人们说的巫师出没时刻吧。

巫师出没时刻，有人悄悄地对她说过，是半夜三更一个特别的时刻，这时候，孩子、大人个个睡得死死沉沉，所有巫公巫婆、精灵鬼怪从他们隐藏的地方出来，整个世界就是他们的了。

这会儿索菲的枕头上比什么时候都亮。她决定索性起床，去把窗帘的那条缝合上。

熄灯以后起床，要是给抓住，那是要受罚的，哪怕你说是要上厕所也没用，他们认为这不算理由，照罚不误。可这会儿周围没有人，这一点索菲料定了。

她伸出手去摸索她的眼镜，眼镜就在床边的椅子上。这副眼镜钢丝边，厚镜片，不戴上它，她简直什么也看不见。她戴上了眼镜，然后下床，踮起脚尖朝窗子走去。

等来到窗帘旁边，索菲拿不定主意了。她巴不得在窗帘底下弯着腰，把身子探到窗子外面去，看看这会儿世界究竟是什么样子，好容易才等到了这么一个巫师出没时刻。

她竖起耳朵再仔细听听。四周一片死寂。

她越来越想朝外面看了，想得再也忍不住。她一下子在窗帘下面弯下了腰，把身子探到了窗子外面。

在银色的月光里，熟悉的街道好像完全变了样。房屋全都又斜又歪，童话故事里的房子就是那样的。什么东西都那么苍白，都是乳白色的，充满了鬼气。

她看到路对面兰斯太太那家店，是卖纽扣、毛线和松紧带等等小玩意儿的。这家店这会儿不像是真的，看上去那么朦朦胧胧、模模糊糊。

索菲让她的眼睛顺着街道一路看过去，看过去。

她一下子愣住了，浑身一阵冰凉。有样东西正从街道那一头一路走过来。

这东西是黑色的……

这东西又高又黑……

这东西非常高，非常黑，非常瘦。

他 是 谁

　　这不是一个人。这不可能是一个人。它有最高的人四个那么高。它的头比楼上的窗子还要高。索菲张开了嘴巴尖叫，可是没有声音发出来。她的喉咙和她的全身一样被吓僵了。

　　没错，这是巫师出没时刻。

　　那个又高又瘦的黑东西径直朝她走来。它一直紧靠着街对面的房子，隐藏在月光照不到的阴影里。

　　它走啊走啊，越来越近了。可是它走走停停。它停下来，接着又走，接着又停下来。

　　天哪，它要干什么呢?

　　啊哈! 索菲现在能看到它在干什么了。它在每座房子前面都要停一停。它停下来是朝街上每座房子楼上的窗子里看。说真的，它朝楼上那些窗子里看，得把它的腰弯下来。它就高成了那个样子。

它停下来朝一扇窗子里看看。接着它走到下一座房子，又停下来朝窗子里看看。它就这样一路看过来。

这会儿它近得多了，索菲可以把它看得更清楚了。

她仔仔细细地看它，最后断定，它只能是一种人。显然，不是一个普通的人，但百分之百是一个人。

或者说，是一个巨人。

索菲拼命朝月光下朦朦胧胧的街对面看去。巨人（如果那是巨人的话）身上穿着一件长长的黑色大氅。

他的一只手拿着一把非常长非常长、非常细非常细的小号。

他的另一只手拿着一只大手提箱。

巨人现在正停在古切先生和他太太的房子前。古切先生在这大街中心开着一家蔬菜水果店，他一家住在店上面。古切先生的两个孩子睡在楼上临街的前楼房间，这一点索菲知道。

巨人正望着窗子，望进古切家迈克尔和简的房间，他们两个正在里面睡觉。索菲从街对面盯着看，屏住了呼吸。

她看见巨人退后一步，把手提箱放在人行道上。他弯下腰打开手提箱。他从手提箱里拿出一样东西。那东西看上去像一只玻璃瓶，是四方形、顶上有旋转瓶盖的那一种。他旋开玻璃瓶的瓶盖，把里面装的什么东西倒进那把长小号的一头。

索菲看着，浑身发抖。

她看见巨人重新站直身体。她看见他把小号伸进古切家两个孩子正在睡觉的楼上房间那打开的窗子。她看见巨人深深地吸了口长气，然后"呼——"吹他的那把小号。

没有声音发出来，可是索菲一眼就看出来，原先在瓶子里的东西如今通过小号吹到古切家孩子的卧室里去了。

那会是什么东西呢？

当巨人把小号从窗子里收回来、弯下腰拿起手提箱的时候，他碰巧转过头来朝街的这一边看。

在月光里，索菲一眼看到一张大长脸；十分苍白，满是皱纹，两只耳朵其大无比。鼻子尖得像把刀。鼻子上面是两只闪光的亮眼睛，这双眼睛正好盯住了索菲看，眼睛

里露出了一种凶恶的光。

　　索菲尖叫一声，连忙从窗口缩回来。她飞也似的往回跑，跳上自己的床，拉起毯子，把头蒙住了。

　　她蜷缩成一团，像受惊吓的老鼠那样不发出一点儿声音，浑身打战。

一把抓走

索菲躲在毯子底下等着。

过了一分钟左右，她掀起毯子的一角，偷偷地朝外看。

那天夜里，她的血第二次冻成了冰。她想大叫，可是发不出声音。窗子那儿，窗帘拉开了，露出巨人那张满是皱纹的苍白而巨大的长脸，他正望进来，那双闪光的黑眼睛盯住了索菲的床。

一转眼，一只根根手指都那么苍白的大手伸进了窗子。

紧接着是一条大胳膊，一条跟树干一样粗的大胳膊。那条胳膊、那只手、那五根手指正穿过房间向索菲的床伸过来。

这一回索菲尖叫出来了，可只有一转眼的工夫，因为那只巨手落下来捂住了毯子，尖叫声被毯子捂住了。

索菲在毯子底下缩起了身子，感觉到那些强有力的手指抓住了她。接着她被从床上抓了起来，连同毯子一起，被抓出了窗口。

如果你想得出还有什么事比你半夜里碰到这种事更恐怖的话，倒请你说出来让我们听听。

可怕的是，索菲虽然自己一点儿看不到，却清清楚楚地知道正在发生什么事。她知道，一个长着满是皱纹的苍白长脸和吓人眼睛的大怪物（或者说是巨人）在巫师出没时

刻把她从床上抓了起来，这会儿正把她由毯子裹着抓到窗子外面。

紧接着发生的事是这样的：巨人把索菲一弄到外面，就马上把毯子的四个角拎了起来，用一只大手提溜着，把索菲裹在里面。他用另一只手拿起手提箱和长小号，跑着离开了。

索菲在毯子里面拼命地扭，总算用头顶出了一条小缝，就在巨人的手下面一点儿。她马上朝四周看。

她看见街道两边的房子不断闪过。巨人正沿着大街飞也似的跑。他跑得那么快，那件黑色大氅在他身后像鸟儿的翅膀一样飘起来。他每一步有一个网球场那么大。他跑出了镇子，紧接着他们就飞驰在月光照亮的田野上了。巨人根本不把隔开一块块地的树篱当回事，他一步就跨过了它们。路上出现了一条宽阔的大河，他飞快地一步就迈过去了。

索菲缩在毯子里朝外看。她像一袋土豆似的在巨人的一条腿上碰来碰去。他们就这样过了一块块田地、一道道树篱和一条大河。不久，索菲的脑子里出现了一个可怕的念头，她想：巨人跑得飞快，因为他饿了，要尽快回家，然后把我当早饭吃掉。

山　洞

　　巨人跑啊跑啊，现在他的跑法有了一种古怪的变化。他像是忽然加速。他跑得越来越快，越来越快，一下子快得四周的景色都看不清楚了。风刺痛了索菲的脸，风吹得她眼泪直流。风在她的耳朵里呼呼地响。她再也感觉不到巨人的脚碰到地面。她有一种奇怪的感觉，他们是在飞。说

不出他们是飞过地面还是飞过大海。巨人的两条腿像有什么魔法。风在索菲的脸上吹刮得那么厉害，她只好重新缩到毯子里面，免得她的头给吹掉。

他们真有可能是飞过海洋吗？索菲的确感到是那样。她蜷缩在毯子里倾听着怒吼的风声。就这样过了好几个钟头。

突然，风一下子停止了怒吼。巨人的脚步开始慢下来。索菲能感觉到巨人的脚又重新大踏步地走在地面上。她把头抬起来钻出毯子去看。他们正在浓密的树林和奔腾的河

流之间的乡野上。巨人的确慢了下来，这会儿跑得更正常了，虽然用正常这个字眼来形容一个快速奔跑着的巨人是挺傻的。他跳过了十几条河。他沙沙沙穿过一座大树林，然后下到一个山谷，又登上一排光秃秃的山峦，然后飞快地跑过一片荒凉的不毛之地，他真不像是这个世界上的。灰黄色的地面很平坦，到处散布着一大堆一大堆蓝色的大石头，一棵一棵枯树活像一个个骷髅。月亮早就不见了，现在天快亮了。索菲依旧从毯子里向外面窥探着，忽然看见前面是一座陡峭的大山。这大山深蓝色，周围的天空亮光闪闪。好看的灰白色云彩闪烁着淡淡的金星，在一边，早晨太阳的边缘正在升上来，红得像血。

就在山下，巨人停了下来。他使劲儿地喘着气，巨大的胸口一起一伏。他慢慢地缓过气来。

就在他们前面，索菲看到山边有一块圆形的巨石。这块巨石有一座房子那么大。巨人伸出手去推这石头，让它滚到一旁，就像在推一只足球。现在，在石头原来的地方出现了一个黑色的大山洞。这个山洞非常大，巨人根本不用低下头就能走进去。他大踏步走进了这个黑山洞，依然一只手提溜着索菲，另一只手拿着小号和手提箱。

他一进去就停下来，把外面那块大石头转动着让它重新滚回到原来的地方，把这个秘密山洞的进口完完全全封住，让人从外面看不见。

现在进口封好了，山洞里一点儿亮光也没有，一片漆黑。

索菲觉得自己被放到了地上。接着巨人把毯子完全放掉，他的脚步声远去了。索菲待在黑暗里，吓得直发抖。

她想：巨人一定是准备吃我了，他大概要把我就这样生吃掉。

或者他先把我煮熟。

或者他把我油炸来吃。他将把我像一片熏肉那样扔到一只猪油吱吱响的大平底锅里。

一道亮光忽然照亮了整个地方。索菲眨眨眼，睁大了眼睛看。

她看到的是一个巨大的洞穴，在高高的岩石顶上。

两边的墙是一排排架子，架子上是一排又一排的玻璃瓶。四面八方全是玻璃瓶。墙角里也堆着玻璃瓶。玻璃瓶塞满了山洞的每一个角落。

地板当中有一张桌子，十二英尺高，还有一把椅子，大小和桌子配对。

巨人脱下他的黑色大氅，挂在墙上。索菲看到，脱掉大氅以后，他穿的是一件没有领圈的衬衫、一件很脏的旧皮背心，上面似乎连纽扣也没有。他的长裤是绿色的，已经褪色，而且穿在腿上太短了。他的光脚上穿的是一双怪里怪气的凉鞋，特地在每边开了一些洞，鞋头有一个大洞，脚趾从那里伸了出来。索菲穿着她的睡袍蜷缩在山洞的地板上，透过她那副钢丝边厚眼镜看着巨人。她哆嗦得像风中的一片树叶，背脊上像有一根冰凉的手指从上面戳下来。

"哈！"巨人叫了一声，向她走来，搓着双手，"我们这里有了个什么啊？"轰轰响的声音像打雷一样在山洞的墙上滚动起来。

好心眼儿巨人

巨人用一只手把发抖的索菲抓起来，把她放在山洞的那张桌子上。

现在他当真要吃我了，索菲想。

巨人坐下来，狠狠地盯住索菲看。他的耳朵真大。每一只耳朵有车轮那么大，他好像可以随意把它们转来转去。

"我饿了！"巨人轰隆隆地说。他咧开嘴笑起来，露出四方形的大牙齿。这些牙齿非常白，四四方方，在他的嘴巴里像一大片一大片白面包。

"请……请不要吃我。"索菲结结巴巴地说。

巨人哈哈大笑。"只因为我是一个巨人，你就以为我是一个吃人生番！"他叫道，"你说得也对！巨人全是生番，要杀人豆子！他们当真吃人豆子！我们如今是在巨人国！四面八方都是巨人！在外面我们就有个赫赫有名的嘎吱嘎吱嚼骨头巨人！嘎吱嘎吱嚼骨头巨人每天晚上要嚼上两个

肥肥胖胖不值钱的人豆子做晚饭！他吃饭的声音会把你耳朵震聋！他嘎吱嘎吱嚼骨头的声音会传得非常远！"

"哎呀！"索菲喊道。

"嘎吱嘎吱嚼骨头巨人只吃土耳其人豆子。"巨人说，"每天晚上嘎吱嘎吱嚼骨头巨人会跑到土耳其去吃土耳其人豆子。"

索菲的爱国心一下子被这句话激发起来，于是变得非常生气。"为什么只吃土耳其人？"她脱口而出，不服气地问道，"英国人有什么不好？"

"嘎吱嘎吱嚼骨头巨人说土耳其人豆子吃上去汁水更多，味道更好。嘎吱嘎吱嚼骨头巨人说土耳其人豆子有一种迷人的香味。他说土耳其人豆子有点吐绶鸡的味道。"

"土耳其，吐绶鸡，听起来有点像，我想他们可能是这样。"索菲说。

"他们当然是这样！"巨人叫道，"每一种人豆子味道都不同。有一些好吃，有一些难吃。希腊人豆子全都不好吃。巨人从来不吃希腊人豆子。"

"为什么不吃？"索菲问道。

"希腊人豆子味同嚼蜡。"巨人说。

"希腊的'腊'跟蜡烛的'蜡'发音一样，我猜想这也是可能的。"索菲说。她有点发抖地在想：这样只管谈吃人，不知会导致什么结果。可是不管怎样，她必须逗这个古怪巨人说下去，于是对他的笑话露出微笑。

可这些是笑话吗？也许这凶恶的巨人谈吃只是要引起他的食欲。

"正像我说的，"巨人说下去，"不同的人豆子有不同的香味。巴拿马人豆子有很浓的草帽①味道。"

"为什么是草帽味道？"索菲说。

"你不很聪明。"巨人把他的大耳朵转过来转过去地说，"我本以为所有人豆子都很有脑筋，可你的脑袋瓜比一个草包还要没脑筋。"

"你喜欢吃蔬菜吗？"索菲问道，希望把话题转到稍微不那么危险的食物上去。

"你想改变话题，"巨人狠狠地说了出来，"我们谈人豆子的味道正谈得津津有味。人豆子可不是蔬菜。"

① 巴拿马草帽是巴拿马的特产。

23

"噢，可豆子是蔬菜。"索菲说。

"人豆子可不是，"巨人说，"人豆子有两条腿，可蔬菜根本没有腿。"

索菲不再争下去。她最后一件要做的事就是让巨人发脾气。

"人豆子嘛，"巨人说下去，"有千千万万种不同的味道。比方说吧，维京人豆子有鱼味道。这和'京'生长在海洋里有很大关系。""你是说鲸啊？"索菲说，"这'京'不是那'鲸'，完全是两码事。"

"反正就是那么个音，"巨人说，"你别咬文嚼字。我现在给你举另一个例子。泽西人豆子给舌头一种最倒胃口的毛茸茸的感觉。"巨人接着说："泽西人豆子有毛线衣的味道。"

"你是说泽西出产毛织品。"索菲说。

"你又来咬文嚼字了！"巨人叫起来，"别这样！这是一个严肃的话题。我说下去好吗？"

"请吧。"索菲说。

"丹麦人豆子有很强烈的面粉味道。"巨人说下去。

　　"当然，"索菲接上他的话，"面粉是麦子磨出来的。你说话是不是有点浑？"索菲说。"我是一个非常浑的巨人，"巨人说，"不过我已经尽力不这样。我一点儿没有其他巨人浑。我认识这么个巨人，他一直跑到惠灵顿去吃他的晚饭。"

　　"惠灵顿？"索菲说，"惠灵顿在哪里？"

　　"你的脑袋瓜满是死苍蝇。"巨人说，"惠灵顿在新西兰啊！惠灵顿人豆子有一种特别的美味，那个专吃惠灵顿人豆子的巨人是这么说的。"

"那么惠灵顿人的味道是怎样的呢？"索菲问道。

"靴子味。"巨人说。

"当然，"索菲说，"我早该想出来①。"

索菲拿定主意，这个话题谈得已经够长了。如果她非被吃掉不可，她宁愿干脆给吃掉算了，别再这么拖拖拉拉、磨磨蹭蹭地受罪。"那么你吃哪一种人呢？"索菲问。

"我？"巨人嚷嚷起来，他那洪大的嗓音震得架子上所有的玻璃瓶乒乒乓乓响起来，"我吃人豆子？我从来不吃人豆子！其他巨人，没错，他们吃！所有其他的巨人每天晚上都吃人豆子，可我不吃！我是一个独一无二的巨人！我是一个好巨人！我是巨人国里独一无二的好巨人！我是个好心眼儿巨人！我就叫好心眼儿巨人。你叫什么？"

"我叫索菲。"索菲说。她简直不敢相信刚刚听到的这个好消息。

---

① 英国有惠灵顿长统靴，惠灵顿高帮靴，其实它们的名称源自英国陆军元帅惠灵顿（1769—1852），跟新西兰的首都惠灵顿根本不搭界。

巨 人 帮

"你要是这么好，这么好心眼儿，"索菲说，"那为什么把我从床上抓起来，带着我跑掉呢？"

"因为你看见了我。"好心眼儿巨人回答说，"如果什么人看见了巨人，他或者她非给赶紧带走不可。"

"为什么？"索菲问道。

"这个嘛，首先，"好心眼儿巨人说，"人豆子不相信有巨人，对吗？人豆子并不认为真有我们巨人。"

"可我相信。"索菲说。

"啊，那是因为你看见我了！"好心眼儿巨人说，"我绝不能允许任何人，即使是个小女孩，看见了我以后还留在家里。要不，你会做的第一件事情就是到处跑，说你真正看见一个巨人了。然后人豆子们就要开始大规模狩猎，拼命地寻找巨人。这一来就要惊动全世界，所有人豆子都要寻找你看见过的这个巨人，兴奋得发狂。人豆子们就要蜂拥而来。天知道他们会用什么来刨地三尺地找我，把我抓起来，锁到笼子里，拿我来展览。他们会把我放在动物园或者什么鬼地方，跟那些肉丸子河马和爬虫鳄鱼关在一起。"

索菲知道，巨人说的话一点儿也不假。如果有人说出去，夜里真看见一个巨人在城里的街道上出没，毫无疑问，全世界都会可怕地骚乱起来。

"我可以跟你打赌，"好心眼儿巨人说，"如果我不把你抓走，你会把这个消息散布到整个乱糟糟的世界，对不对？"

"我想我会的。"索菲说。

"那可绝对不行。"好心眼儿巨人说。

"那么现在把我怎么样呢？"索菲问道。

"如果放你回去，你会告诉全世界，"好心眼儿巨人说，"最可能是在叽里呱啦胡说八道的盒子里和对着电台话筒说。因此，你只好在这里和我一起度过你的余生了。"

"噢，不要这样！"索菲大叫起来。

"噢，是要这样！"好心眼儿巨人说，"不过我警告你，没有我和你在一起，你千万不要糊里糊涂地走出这个山洞，要不然，你就不会有好下场！现在我来让你看看到底谁会把你吃掉，万一你让他们看到哪怕一眼的话。"

好心眼儿巨人把索菲从桌子上抓起来，带她到山洞口。他把那块大石头转到一边，说道："小妞，你朝那边看看，告诉我你看到了什么。"

索菲坐在好心眼儿巨人的手上，朝山洞外面看去。

这会儿太阳已经出来，把有蓝色大石头和枯树的一大片不毛之地晒得火烫。

"你看到他们没有？"好心眼儿巨人问道。

索菲眯起眼睛在太阳光中望过去，在大约五百码远的地方，大石头中间有几个其大无比的人正在走来走去。另外有那么三四个，各自坐在石头旁一动不动。

"这里是巨人国。"好心眼儿巨人说，"那些全都是巨人，每一个都是。"

这真是个让脑子变成糨糊的景象。那些巨人全都光着上身，只在腰间围着一条短裙似的布，他们的皮肤就这样

被太阳烤着。可是最让索菲糊涂的却是每个巨人的奇怪个头儿，他们真正是巨而又大，比手上这会儿正坐着索菲的这个好心眼儿巨人还要高得多、胖得多。天哪，他们多么丑啊！其中有好多个都是大肚子。他们个个长着长胳膊大脚板。由于离得太远，他们的脸看不清楚，不过这也许是件好事。

"他们在干什么啊？"索菲问道。

"什么也不干，"好心眼儿巨人说，"他们只是荡来荡

去，转来转去，就等着天黑。天一黑他们就全都飞也似的跑到住着人豆子的地方去找晚饭吃。"

"你是说到土耳其？"索菲说。

"嘎吱嘎吱嚼骨头巨人要去土耳其，这不用说。"好心眼儿巨人说，"不过其他那些各去各的地方，爱靴子味道的去惠灵顿，爱草帽味道的去巴拿马。每个巨人有自己喜欢的吃人地方。"

"他们也去英国吗？"索菲问道。

"常去，"好心眼儿巨人说，"他们说英国人豆子吃起来有呱呱叫的鹦哥味。"

"我不明白那是什么意思。"索菲说。

"意思是不重要的，"好心眼儿巨人说，"我不可能一直都说得清清楚楚。既然说不清楚，我常常糊里糊涂。"

"这儿所有的野蛮巨人今天晚上真的又要去吃人吗？"索菲问道。

"他们每天晚上都要吃人豆子，"好心眼儿巨人回答说，"所有的巨人都这样，只是除了我。这就是他们不管哪一个

一看见你，你就没有好下场的缘故。你就要像一块南瓜饼似的被吞下去，就只一口！"

"不过吃人太可怕了！"索菲叫道，"太吓人了！为什么没有人阻止他们这样做呢？"

"请问谁来阻止他们呢？"好心眼儿巨人问道。

"你不能阻止他们吗？"索菲说。

"谈也不要谈！"好心眼儿巨人叫道，"那些巨人又大又凶！他们全都至少比我壮一倍、高一倍！"

"有你两个那么高！"索菲叫道。

"这很容易看出来。"好心眼儿巨人说，"你现在看他们离得太远了，可等到他们走近啊，就会发现那些巨人全都至少有五十英尺高，肌肉发达得不得了。我只是个小不点儿。我只是个小小不然的东西。在巨人国里，二十四英尺高算不了什么。"

"你绝不要为这个难过，"索菲说，"我认为你是个不折不扣的巨人。就说这一点吧，你那些脚趾粗得跟粗香肠准一个样。"

"比香肠倒还要粗一点儿。"好心眼儿巨人说，看上去

高兴一些了，"可他们的脚趾粗得像下水道的粗水管。"

"外面的巨人有多少个？"索菲问道。

"一共九个。"好心眼儿巨人回答。

"这就是说，"索菲说道，"每天夜里，世界上什么地方就有九个不幸的人给抓走，被活活吃掉。"

"还要多，"好心眼儿巨人说，"你知道，这要看人豆子个头有多大。日本人豆子个头小，因此一个巨人要吃下六个日本人豆子才能饱。至于其他人豆子，像挪威人豆子和美国人豆子个头大得多，通常两三个就吃饱了。"

"这些该死的巨人，世界各国都去吗？"索菲问道。

"除了希腊，世界各国，都要被不时光顾。"好心眼儿巨人说，"一个巨人去哪一个国家，这要看他当时感觉如何。如果天热，他热得像一口吱吱响的平板锅，他大概就会跑到北极去找一两个因纽特人豆子吃下去来让自己凉快凉快。一个肥美的因纽特人豆子对于巨人来说，就像一根奶油冰棍对于你们一样。"

"我要记住你的话。"索菲说。

"话又说回来，如果是个寒冷的夜晚，巨人冻坏了，他大概就把鼻子直指热带，去吃几个非洲霍屯督人豆子来让自己暖和暖和。"

"真是可怕极了。"索菲说。

"再也没有像热带的霍屯督人更能让冷得要命的巨人暖和起来的。"好心眼儿巨人说。

"如果你把我放到地上，我现在走到他们当中，"索菲说，"他们真会把我吃下去吗？"

"就像吃一颗糖果！"好心眼儿巨人叫道，"不仅如此，你实在太小了，他们把你吞下去连嚼也不用嚼。第一个看见你的巨人会用指头把你夹起来，你就像水管里的一滴水那样咕嘟嘟落下去！"

"让我们回到山洞里去吧，"索菲说，"他们让我连看都不想看。"

了不起的耳朵

回到山洞里，好心眼儿巨人让索菲重新坐到那张大桌子上。"你穿着你那件睡袍是不是很冷啊？"他问道，"你不冷吗？"

"我没什么。"索菲说。

"我不由得想到你可怜的妈妈和爸爸，"好心眼儿巨人说，"这时候他们一定满屋子又跳又蹦，哇哇大叫：'哎呀，哎呀，索菲上哪里去了？'"

"我没有妈妈爸爸，"索菲说，"我还是个吃奶娃娃的时候，他们就死了。"

"噢，你这可怜的小苹果！"好心眼儿巨人叫道，"你很想念他们吗？"

"不太想念，"索菲说，"因为我从来不知道他们。"

"你让我难过。"好心眼儿巨人擦着眼睛说。

"不要难过，"索菲说，"没有人会太担心我。你把我拿出来的地方是乡镇的孤儿院。里面全是孤儿。"

"你是一个孤儿？"

"是的。"

"那里面有多少孤儿呢？"

"我们一共十个，"索菲说，"全是小女孩。"

"你在那里快活吗？"好心眼儿巨人问道。

"我恨它。"索菲说，"开这孤儿院的女人叫克朗克斯太太，如果她抓到你违反任何规则，像夜里起床，或者没把衣服折好，你就得受罚了。"

"罚你们什么呢？"

"把我们锁在黑黑的地下室里一天一夜，不给东西吃，不给东西喝。"

"那该死的老太婆！"好心眼儿巨人叫道。

"太可怕了，"索菲说，"我们一直怕那地方。那儿有老鼠，我们听得见它们爬来爬去。"

"那该死的老太婆！"好心眼儿巨人叫道，"这是我多少年来听到的最可怕的事情！你让我比什么时候都更加难过！"一下子，可以装满一只水桶的一大滴泪水滚下好心

眼儿巨人的一边脸颊，"哗啦"一声落在地板上。地板上马上出现了很大的一摊水。

索菲看着，惊讶万分。她想：他是一个多么奇怪和喜怒无常的人啊！一会儿他说我的脑袋瓜里满是死苍蝇，一会儿他的心又因为克朗克斯太太把我们锁在地下室里而为我融化。

"让我担心的事情，"索菲说，"倒是我得一辈子待在这个可怕的地方。孤儿院十分可怕，可是我不会永远待在那儿，对不对？"

"全是我的错，"好心眼儿巨人说，"是我绑架了你。"又一滴巨大的泪水噙在他的眼睛里，又"哗啦"一声落到了地板上。

"现在我想起来了，我不用在这里真待那么久。"索菲说。

"恐怕你得待那么久。"好心眼儿巨人说。

"不，我不会。"索菲说，"外面那些野蛮的家伙早晚会抓住我，把我当点心吃掉的。"

"我永远不会让这样的事情发生。"好心眼儿巨人说。

他们沉默了一会儿。接着，索菲说："我可以问你一个问题吗？"

好心眼儿巨人用手背擦掉眼睛里的泪水，想着心事，看了索菲好大一会儿。"问吧。"他说。

"请你告诉我，你昨天夜里在我们镇上干什么呢？你为什么把那把长小号伸到古切家那两个孩子的卧室里，接着又吹它呢？"

"啊哈！"好心眼儿巨人大叫一声，一下子从他的椅子上坐直了身子，"现在我们来了个太爱打听的人了！"

"还有你带着的手提箱，"索菲说，"那都是怎么一回事？"

好心眼儿巨人怀疑地看着盘腿坐在桌子上的小姑娘。

"你是要我告诉你一个重大秘密，"他说，"以前从来没有人听到过的秘密。"

"我谁也不会告诉的，"索菲说，"我发誓。再说，我怎么能说出去呢？我将一辈子困在这里。"

"你会告诉其他巨人的。"

"不，我不会，"索菲说，"你说过，他们一看见我马上

就会一口把我吃掉。”

　　“他们会这样做的。”好心眼儿巨人说，“你是一个人豆子，人豆子对于那些巨人来说就像奶油草莓。”

　　“如果他们一看见我就马上一口吃掉，那我什么话也来不及告诉他们了，对吗？”索菲说。

　　“你是来不及告诉他们了。”好心眼儿巨人说。

　　“那你为什么说我会说出去呢？”

　　“我说话轰隆轰隆响，”好心眼儿巨人说，“你听完我对你说的话，耳朵会疼的。”

　　“还是请告诉我，你在我们镇上到底干了些什么吧。”索菲说，“我保证你可以相信我。”

　　“你肯教我怎样弄到一头象吗？”好心眼儿巨人问道。

　　“你这话是什么意思？”索菲说。

　　“我想有一头象骑骑，真是想死了。”好心眼儿巨人做梦似的说，“我太想有一头大象了，我骑着它穿过翠绿的森林，一整天采树上的桃子。我们住的这个地方是炎热的该死的荒野。这里除了大鼻子瓜，什么也不长。我只想到别的地方去，坐在大象的背上，大清早就采桃子吃。”

索菲听了这古怪的话十分感动。

"也许有一天我能给你弄到一头象,"她说,"还有桃子。现在请你告诉我,你在我们镇上到底干什么。"

"如果你真想知道我在你们镇上干什么,"好心眼儿巨人说,"我是在把一个梦吹到那两个孩子的卧室里去。"

"吹一个梦?"索菲说,"你这话又是什么意思?"

"我是一个吹梦的巨人。"好心眼儿巨人说,"当其他巨人各自去吃人豆子的时候,我到别的地方去把梦吹到睡觉的孩子们的卧室里。都是些好梦。可爱的金色的梦。让做梦的人有个欢快时光的梦。"

"现在请等一等,"索菲说,"你这些梦是打哪儿来的?"

"我收集它们。"好心眼儿巨人说着,朝架子上一排一排玻璃瓶挥动他的胳膊,"我有几十亿个梦。"

"梦你没法收集,"索菲说,"梦不是抓得住的东西。"

"这件事你永远明白不了,"好心眼儿巨人说,"这就是我不想告诉你的缘故。"

"噢,请你告诉我!"索菲说,"我会明白的!说下去

吧！告诉我你怎么收集梦！一五一十都讲给我听！"

好心眼儿巨人在椅子上坐舒服，架起了二郎腿。"梦，"他说，"是一样很神秘的东西。它们像虚无缥缈的小泡泡那样飘在周围的空气里。它们一直在找睡着了的人。"

"你能看见它们吗？"索菲问道。

"起先一点儿也看不见。"

"你看不见它们，又怎么能抓住它们呢？"索菲问道。

"啊哈，"好心眼儿巨人说，"现在我开始谈到那最秘密的秘密了。"

"我保证对谁也不说。"

"我信任你。"好心眼儿巨人说。他闭上眼睛，一动不动地坐了一会儿。索菲等着。

"一个梦，"他说，"当它在黑夜的空气中飘过的时候，发出很轻微的嗡嗡声。这轻微的嗡嗡声太轻了，人豆子是不可能听到它的。"

"你能听到它？"索菲问道。

好心眼儿巨人举起手指着他车轮大小的巨型耳朵，并把它们转来转去。他得意地表演着这个绝招，脸上带着自

豪的微笑。"你在看我这两只耳朵吗？"他问道。

"我怎么会错过呢？"索菲说。

"你也许会觉得它们看上去太大了，"好心眼儿巨人说，"可是你必须相信我的话，它们的的确确是异常有用的耳朵。它们是不可以小看的。"

"我完全相信它们不可以小看。"索菲说。

"它们绝对能让我听到任何最小最小的声音。"

"你是说你能听到我听不到的声音？"索菲说。

"和我的耳朵相比，你的耳朵可以说是一对听不见东西的饺子！"好心眼儿巨人叫道，"你用你那两只'小饺子'

只能听到乒乓乒乓响的吵闹声音，可我能听到世界上所有秘密的耳语声！"

"比如什么声音？"索菲问道。

"在你们那里，"他说，"我能听到瓢虫在树叶上爬的脚步声。"

"真的？"索菲被他的话吸引住了。

"而且，我听到那些脚步声还非常之响。"好心眼儿巨人说，"当一只瓢虫在树叶上爬的时候，我听到它的脚啪嗒啪嗒啪嗒，就像巨人的脚步声那么响。"

"我的天哪！"索菲说，"你还能听到别的什么声音呢？"

"我能听到小蚂蚁在泥地上交头接耳的声音。"

"你是说你能听到蚂蚁说话？"

"每一个字都清清楚楚，"好心眼儿巨人说，"虽然我不太懂它们的语言。"

"请说下去。"索菲说。

"有时候，在非常静的夜里，"好心眼儿巨人说，"如果我把我的两只耳朵转到一个适当的角度，"说到这里，他把两只大耳朵朝上翻，让它们对着山洞顶，"如果我这样转动它们，夜又非常之静，我有时候能听到从天上的星星那儿传来的音乐声。"

一阵奇怪的轻微颤抖传遍全身。索菲安静地坐着，等着听下去。

"正是我的耳朵昨天夜里告诉我，你正在窗口偷看我。"好心眼儿巨人说。

"可我什么声音也没有发出来啊！"索菲说。

"我在街对面听到了你的心怦怦跳，"好心眼儿巨人说，"响得像敲鼓。"

"说下去，"索菲说，"谢谢你。"

"我还能听见植物的声音。"

"它们说话？"索菲问道。

"不能说它们说话，"好心眼儿巨人说，"不过它们会发出声音。比方说，如果我走过去采一朵美丽的花，如果我要掐断花梗，那植物就会叫。我能非常清楚地听到它叫啊叫。"

"真的？"索菲叫起来，"太可怕了！"

"它叫的声音就像你的胳膊让人扭断时叫的一样。"

"这是真的吗？"索菲问道。

"你以为我在骗你？"

"这真是很难相信。"

"那么我就说到这里为止，"好心眼儿巨人狠狠地说，"我不希望让人把我叫作说假话的人。"

"噢，不！我没这样叫你！"索菲叫道，"我相信你的话！我真的相信！请你说下去！"

好心眼儿巨人狠狠地看了她半天。索菲也看着他。她的神情坦率真诚。"我相信你的话。"她温柔地说。

她刚才得罪了他，这她看得出来。

"我永远都不会骗你。"他说。

"我知道你不会，"索菲说，"不过你得明白，这样惊人的事情很不容易使人一下子相信。"

"我懂得这一点。"好心眼儿巨人说。

"那么请你原谅我，继续说下去吧。"她说。

他又等了好一会儿，然后开口说："树木也和花一样。如果我用斧子砍一棵大树的树干，我就会听到一阵可怕的声音从树的心中发出来。"

"什么声音？"索菲问道。

"轻轻的呻吟声，"好心眼儿巨人说，"像一个老人慢慢死去所发出的声音。"

他停下来。山洞里非常静。

"树木跟你我一样在活着，在生长，"他说，"它们是活的东西。花草也是。"

这时候他在他的椅子上坐得笔直，双手在胸前紧握着。他容光焕发，眼睛又圆又亮，像两颗星星。

"我听见的是这样奇妙和可怕的声音！"他说，"也有些声音你会永远不想听见！但有些声音是美妙的音乐！"

由于想到的东西使他激动，他像变了个样子。他的脸在这种热情中显得美极了。

"再给我讲讲。"索菲平静地说。

"你真该听听那些小老鼠说话！"他说，"小老鼠总是在相互说话，我听着响得就像我自己的声音。"

"它们说些什么呢？"索菲问道。

"这只有那些小老鼠自己知道。"他说，"蜘蛛话也说得多。你可能想不到，可蜘蛛是最惊人的叽里呱啦大王。在织网的时候，它们一直唱个不停。它们唱起来比夜莺唱得还甜，甜多了。"

"你还听到什么声音呢？"索菲问道。

"最多嘴多舌的家伙之一是毛虫。"好心眼儿巨人说。

"它们说些什么？"

"它们一直在争论谁将是最漂亮的蝴蝶。它们老说个没完的就是这件事。"

"现在这里正有一个梦在周围飘着吗？"索菲问道。

好心眼儿巨人把他的两只大耳朵转过来转过去仔细地听着。他摇摇头。"这里没有梦，"他说，"只除了瓶子里。我总到一个特别的地方去捉梦。它们不大到巨人国来。"

"你怎么捉它们呢？"

"就跟你捉蝴蝶一样，"好心眼儿巨人回答说，"用一个网兜。"他站起来走到山洞的一个角落，那里有一根竿子靠在墙上。这竿子大约三十英尺长，头上有一个网兜。"这就是捕梦网。"他说着，拿起竿子，"每天早晨我出去捕捉新的梦，装在我那些瓶子里。"

忽然之间，他似乎对谈话没有了兴趣。

"我饿了，"他说，"是吃饭的时候了。"

大鼻子瓜

"如果你不像其他巨人那样吃人,"索菲说,"那靠吃什么东西活下去呢?"

"在这里这是一个伤透脑筋的问题。"好心眼儿巨人回答说,"在这个荒凉的巨人国,好吃的东西像菠萝什么的根本不生长。什么也不生长,只除了一种极其难吃的蔬菜,它叫作大鼻子瓜。"

"大鼻子瓜?"索菲说,"根本没有这样一种蔬菜。"

好心眼儿巨人冲索菲笑笑,露出他大约二十颗雪白四方的牙齿。

"昨天你还不相信有巨人,对吗?"他说,"今天你又不相信有大鼻子瓜。只因为你还没有用你自己的两只小眼睛真正看到过,就以为它并不存在了。那么比方说,苏格兰大跳虫怎么样?"

"对不起,我没听说过。"索菲说。

"那么皱驼呢？"

"那是什么？"索菲说。

"还有蜡烛包宝宝？"

"你说什么？"索菲说。

"再有装甲鱼？"

"它们是动物吗？"索菲问道。

"是很普通的动物。"好心眼儿巨人用看不起她的口气说，"我自己不是一个无所不知的巨人，可在我看来，你是个百分之百一无所知的人豆子。你那个脑袋瓜里全是些面茶。"

"你是说棉花吧？"索菲说。

"我心里想的和我说出来的常常是两码事。"好心眼儿巨人很神气地说，"我现在来给你看一根大鼻子瓜。"

好心眼儿巨人打开一个其大无比的食品柜，拿出一样索菲从未见过的样子古怪的东西。这东西有半个普通人高，可是比人粗得多。它的"腰围"粗得像一辆童车。它的颜色是黑的，可是有一道道竖的白条纹。它浑身长满粗糙的疙瘩。

"这就是难吃的大鼻子瓜！"好心眼儿巨人挥动着那东西大叫，"我不喜欢它！我讨厌它！我憎恨它！可因为我不要像其他巨人那样吃人豆子，只好一辈子啃这种难吃的大鼻子瓜。如果我不啃它，就变成皮包布头了。"

"你是说皮包骨头吧？"索菲说。

"我知道是皮包骨头，"好心眼儿巨人说，"不过请你明白，我常常说出来就变样了。我一直在尽力忍住不这样。"好心眼儿巨人一下子看上去那么可怜巴巴的，索菲也觉得十分难过。

"我很抱歉，"她说，"我并不想伤害你。"

"在巨人国没有学校教我好好说话。"好心眼儿巨人伤心地说。

"可你妈妈不教你吗？"索菲问道。

"我妈妈！"好心眼儿巨人叫起来，"巨人没有妈妈！你应该知道这一点。"

"我不知道。"索菲说。

"谁听说过有女巨人的！"好心眼儿巨人叫着，把那大鼻子瓜在头顶上旋转得像个套索，"从来没有过一个女巨人！也永远不会有。巨人都是男的！"

索菲觉得有点糊涂。"那么，"她说，"你是怎么生出来的呢？"

"巨人不是生出来的，"好心眼儿巨人回答说，"巨人是冒出来的，就这么回事。他们只是冒出来，跟太阳和星星冒出来一样。"

"那你是什么时候冒出来的呢？"索菲问道。

"这样的事我怎么知道？"好心眼儿巨人说，"那是很久很久以前了，我算都算不过来。"

"你是说，你甚至不知道你有多大岁数？"

"没有一个巨人知道自己有多大岁数。"好心眼儿巨人说，"我只知道我非常老了，非常非常老，老掉牙了，也许跟地球一样老。"

"一个巨人死了会怎样呢？"

"巨人永远不死。"好心眼儿巨人回答，"有时候一个巨人忽然不见了，没有人知道他去了哪里。不过我们大多数巨人就这样活着，像混日子那样混下去。"

好心眼儿巨人仍旧用右手抓住那根可怕的大鼻子瓜。现在，他把它的一头塞到嘴里，啃了一大口。他开始咔嚓咔嚓地嚼起来，那声音就像嚼一块冰。

"真难吃！"他说话时嘴里塞满东西，咬碎的一大块一大块大鼻子瓜像子弹那样向索菲这一边喷溅过来。索菲满桌子乱跳，低下头避开它们。

"太倒胃口了！"他发出呃呃声，"真恶心！真糟糕！

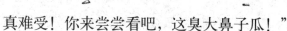

真难受！你来尝尝看吧，这臭大鼻子瓜！"

"不，谢谢。"索菲向后退着说。

"从今以后，你在这里就只有这东西吃了，因此你最好吃惯它。"好心眼儿巨人说，"吃吧，你这没见过世面的小东西，尝一点儿试试看！"

索菲咬了一小口。"呃呃呃呃呃呃呃！"她一下子气急败坏起来，"噢，不！噢，受不了！噢，救命啊！"她赶紧把它全吐出来。"它的味道像青蛙皮！"她喘着气说，"像臭鱼！"

"比那还糟！"好心眼儿巨人叫道，轰隆大笑着，"对我来说，它的味道像蟑螂，像鼻涕虫！"

"我们当真得吃这个东西吗？"索菲说。

"当然，除非你想瘦得一阵风就把你吹得无影无踪，吹到公鸡里。"

"吹到空气里。"索菲说，"空气跟公鸡是两码事。"

好心眼儿巨人又一次露出难过的神情。"用字，"他说，"是我一辈子最伤脑筋的问题。因此你必须想办法耐心点，不要咬文嚼字。正像我已经跟你说过的，我心里很清楚想要说什么字，可不知道怎么搞的，说出来的总是走样。"

"每一个人都会这样。"索菲说。

"可不像我，"好心眼儿巨人说，"我的阳文说得糟透了！"

"你是说英文……"可她马上改口，"我觉得你说话挺漂亮的。"

"是吗？"好心眼儿巨人叫起来，一下子红光满面，"你真的这么认为？"

"就是漂亮嘛。"索菲再说一遍。

"我这一辈子里，这是别人送给我的最好礼物！"好心眼儿巨人叫道，"你肯定不是在拍我的马屁？"

"当然不是，"索菲说，"我就喜欢你说话的样子。"

"多么好啊！" 好心眼儿巨人叫道，还是那么红光满

面，"多么棒啊！多么呱呱叫得没话说啊！我简直想都没想到。"

"你听我说，"索菲说道，"你用不着吃大鼻子瓜。在我们镇的周围有各种各样可爱的蔬菜，像花菜和胡萝卜。下次你去，可以带点回来呀！"

好心眼儿巨人得意地仰起大脑袋。"我是一个非常忠厚的巨人，"他说，"我情愿啃难吃的大鼻子瓜，也不偷别人的东西。"

"可你偷走了我。"索菲说。

"我不算偷走你。"好心眼儿巨人温柔地微笑着说，"再说，你只是一个小不点儿小妞。"

喝血巨人

忽然之间，山洞外面响起了很大的轰轰隆隆声，一个像打雷似的声音叫道："小矮子！你在家吗，小矮子！我听见你在叽里咕噜！你在跟谁叽里咕噜说话啊，小矮子？"

"小心！"好心眼儿巨人叫道，"这是喝血巨人！"可他话没说完，山洞口那块大圆石头已经滚到一边，一个五十英尺高、比好心眼儿巨人高一倍、胖一倍的巨人大踏步走进了山洞。他赤身露体，只有一块脏布条围住他的屁股。

索菲站在桌子上面。那根吃掉一点儿的大鼻子瓜就在她旁边。她连忙躲到它后面去。

那家伙啪嗒啪嗒走进山洞，像座塔似的站在好心眼儿巨人面前。"你刚才在这里跟谁叽里咕噜说话啊？"他轰隆轰隆地说。

"我在自言自语。"好心眼儿巨人回答说。

"你说谎！"喝血巨人叫道，"你这吃臭虫的小矮子！"

他轰隆轰隆地说，"你在跟一个人豆子说话，我想是这么回事！"

"噢，不是！"好心眼儿巨人叫道。

"是的，是的！"喝血巨人轰隆轰隆地说，"我猜你是抓来了一个人豆子，把他带回家来玩！因此我现在来找出他，在吃晚饭前当额外点心吃！"

可怜的好心眼儿巨人非常紧张。"这里没……没……没有人豆子。"他结结巴巴地说，"你为……为……为什么不能别……别……别来打搅我呢？"

喝血巨人用一根大得像树干的手指头指住好心眼儿巨人。"你这小矮子！"他大吼大叫道，"你这小骗子！你这小坏蛋！我现在来搜这好东西！"他一把抓住好心眼儿巨人的胳膊。"你要给我帮忙，我们一起找出这个好味道的小人豆子！"他叫道。

好心眼儿巨人本来打算，一有机会就把索菲从桌子上抓起来，藏到他的背后，可现在没希望这样做了。索菲从大鼻子瓜被啃过的那一头后面探出头来，看着两个巨人走到山洞的另一头。喝血巨人的那副样子真是可怕。他的

皮肤是红粉色的，胸前、胳膊和肚子上都长着黑毛。他的头发又长又黑，乱蓬蓬的。他那张丑脸圆滚滚，像熟透了的烂苹果。眼睛是两个小黑洞。鼻子小小的，可是嘴巴很大，横过整张脸，几乎是从这边耳朵到那边耳朵。两片嘴唇像横过来的两根巨大的紫色香肠，一根在另一根上面。参差不齐的黄牙齿从两片紫色香肠厚嘴唇之间暴出来，口水像河水那样不断地流到下巴上。

一看就不难相信，这个吓人的野兽每天夜里都要吃男人、女人和小孩。

喝血巨人抓住好心眼儿巨人的胳膊，查看一排排的玻璃瓶。"你和你那些该死的瓶子！"他叫道，"你在它们里面都装了些什么？"

"没有你感兴趣的东西，"好心眼儿巨人回答说，"你只对吃人豆子感兴趣。"

"你这脏狗崽！"喝血巨人大吼大叫。

索菲想，喝血巨人很快就要回来搜查桌子上面。可她没办法跳下桌子，因为桌面离地面足有十二英尺，她跳下去会摔断腿的。那大鼻子瓜虽然粗得像辆童车，可万一喝血巨人把它拿起来，她就无处藏身了。她仔细看着啃过的一头。它当中有些大粒瓜子，每一粒就跟一个西瓜一样大，它们嵌在软软的瓜瓤里。索菲小心翼翼地剔掉半打瓜子，这样瓜瓤中间就有了一个洞，她只要把身子缩成一个球，就可以躲进去。她小心地爬到了里面。这是个湿漉漉黏糊糊的藏身地方，可只要不被吃掉，这又算得了什么呢！

这时候，喝血巨人和好心眼儿巨人正向桌子走过来。好心眼儿巨人吓得简直要昏过去了。他心里说："索菲随时会被找到，被他吃掉。"

喝血巨人一下子抓住吃过的大鼻子瓜。好心眼儿巨人看着空空的桌子。"索菲，你在哪里？"他绝望地想，"你不可能跳下那么高的桌子，那么你躲在哪里呢，索菲？"

"这么说，你吃的是这种臭垃圾！"喝血巨人举起那吃过的大鼻子瓜轰轰地叫，"吃这种垃圾，你准是只鸟蛤！"

喝血巨人一下子好像忘记了搜索索菲。好心眼儿巨人决定顺着这条路子引他说下去。"这是美味的大鼻子瓜，"他说，"我日日夜夜馋得要命地吃它。你不想尝一尝大鼻子瓜吗，喝血巨人？"

"人豆子汁水多味道好。"喝血巨人说。

"你说错了。"好心眼儿巨人这时候变得更加勇敢了。他在想，只要他能让喝血巨人咬一口那难吃的蔬菜，那可怕的怪味准能够让他哇哇大叫着离开山洞。"我很高兴让你品尝品尝它。"好心眼儿巨人说下去，"不过求求你，万一你觉得它真那么了不起地好吃，可不要把它全吃光了，记得给我留一点儿，让我当晚饭吃。"

喝血巨人用他两只猪猡小眼睛怀疑地看着手里的大鼻子瓜。

索菲正躲在啃过的一头里面浑身发抖呢。

"你不是在骗我吧？"喝血巨人说。

"根本不是！"好心眼儿巨人热烈地叫道，"咬一口吧，我保证你会大叫：'噢，这了不起的蔬菜是多么好吃啊！'"

好心眼儿巨人看出来，喝血巨人看到有额外的点心可吃，他那张馋嘴开始流下更多的口水。"蔬菜对你非常有好处，"好心眼儿巨人继续说，"总吃肉不健康。"

"只此一回，"喝血巨人说，"我来尝尝你这种垃圾食物。不过我警告你，如果它难吃，我要把它砸在你那个烂泥小脑袋上！"

他拿起了大鼻子瓜。

他开始举起它，经过一段很长的路程到他的嘴巴，停在了离地五十英尺的高空。

索菲想叫：不要！可这样做更是必死无疑。她蜷缩在黏糊糊的瓜子之间，只觉得自己被越举越高，越举越高，越举越高。

忽然嘎巴一声，喝血巨人在大鼻子瓜头上咬了一大口。索菲看到两排黄牙齿咬到一起，离她的脑袋只有几英寸。这时候一片漆黑。她到了他的嘴巴里。她闻到嘴巴里发出的一股难闻的臭肉气味。她等着那两排牙齿再次嘎巴一咬，她祈求能快点被咬死。

"呃呃呃呃呃呃，呸！"喝血巨人咆哮着，"呸呸呸！噗噗噗！"接着他吐了起来。

他嘴里所有的大鼻子瓜大碎块，连同索菲在内，全喷到山洞的四面八方。

如果索菲撞到山洞的石墙上，就死定了。可是她撞到好心眼儿巨人挂在墙上的黑色大氅柔软的褶皱里了。她从

大氅上落到地上，都快昏过去了。她悄悄地爬到大氅下摆底下，蜷缩在那里。

"你这小猪肉包！"喝血巨人咆哮道，"你这小猪肉馅饼！"他向好心眼儿巨人扑过去，把手里剩下的大鼻子瓜啪嗒一下打在好心眼儿巨人的头上。难吃的大鼻子瓜摔碎了，溅得满山洞都是。

"你不喜欢它？"好心眼儿巨人做出一副无辜的样子，擦着他的头说。

"喜欢它？"喝血巨人大叫，"这是我的牙齿碰到的最恶心的味道！你会咽下那样难吃的东西，你一定是傻瓜！每天晚上你本可以快活得像个汉堡包那样跑出去吃汁多味美的人豆子！"

"吃人豆子是错误的，是邪恶的。"好心眼儿巨人说。

"人豆子是好吃的，美味的！"喝血巨人叫道，"今天晚上我就要上智利去吃几个智利人豆子①。你知道我为什么专门上智利去吗？"

"我什么也不想知道。"好心眼儿巨人很庄重地说。

"我专门去智利，"喝血巨人说，"因为因纽特人豆子我吃腻了。在这热死人的天气里，我必须吃许多冰冷的食品。最冷的食品除了因纽特人豆子，就是智利人豆子了。智利人豆子可以冷得使牙齿打架。"

"真可怕！"好心眼儿巨人说，"你真不害臊！"

"其他巨人全都说今天晚上要去英国吃小学生，"喝血巨人说，"我也实在爱吃英国小学生。他们有很好的鹦哥味道。也许我会改变主意跟大伙儿到英国去。"

"你真叫人恶心！"好心眼儿巨人说。

"你是巨人族的耻辱！"喝血巨人大叫，"你不配当巨人！你是条小鱿鱼！你是条小泥鳅！你是个……你是个……小奶油泡芙！"

---

① 英文里"智利"和"寒冷"同音。

可怕的喝血巨人这么哇啦哇啦叫着，大踏步走出了山洞。好心眼儿巨人连忙跑到山洞口，把那块大圆石头滚回原来的位置，把山洞口堵上。

"索菲，"他悄悄地叫，"索菲，你在哪里，索菲？"

索菲从那件黑色大氅下摆底下钻出来。"我在这里。"她说。

好心眼儿巨人把她捡起来，轻轻地放在手心里。"我找到完完整整的你，真是太高兴了！"他说。

"我曾经在他的嘴巴里。"索菲说。

"你曾经什么？"好心眼儿巨人大叫起来。

索菲把刚才发生的事原原本本地告诉了他。"我叫他吃那恶心的大鼻子瓜时，你一直都在它里面！"好心眼儿巨人叫道。

"实在不好玩。"索菲说。

"看看，你这可怜的小妞！"好心眼儿巨人叫道，"你浑身都是大鼻子瓜和那巨人的口水。"他用手尽可能把她擦干净。"现在我比任何时候更恨那些巨人了。"他说，"你知道我想做什么吗？"

"做什么？"索菲说。

"我想找个办法让他们消失，一个不剩。"

"我很乐意帮你的忙。"索菲说，"让我来看看，是不是能想出个办法做到这一点。"

下气可乐和噼啊扑

这时候，索菲感到不仅肚子饿极了，而且非常口渴。如果是在家，她早就吃过早饭了。

"在这里，你肯定除了叫人恶心的怪味大鼻子瓜以外，什么吃的东西都没有了吗？"她问道。

"一点儿也没有了。"好心眼儿巨人回答。

"那么，我可以求你给我一点儿水喝吗？"她说。

"水？"好心眼儿巨人的脸完全沉了下来，"水是什么？"

"我们用来喝的。"索菲说，"你们喝什么？"

"下气可乐。"好心眼儿巨人说，"所有的巨人都喝下气可乐。"

"它跟你的大鼻子瓜一样可怕吗？"索菲问道。

"可怕？"好心眼儿巨人叫起来，"它一点儿也不可怕！下气可乐又甜又美，美得说不出来！"他从椅子上站起身子，走到第二个大食品柜前。他打开柜子，拿出一只玻璃瓶，它准有六英尺高，里面的液体呈灰绿色，有半瓶。"这就是下气可乐！"他自豪地举起瓶子叫道，好像里面装着名酒似的，"美味多泡的下气可乐！"他摇摇它，瓶子里的灰绿色液体开始发疯似的起泡。

"看！它的泡泡冒得不对头！"索菲叫起来。一点儿没说错，泡泡不是往上冒，在液体表面上爆开，却是向下冒，在瓶底爆开来。灰绿色的泡沫开始在瓶底形成。

"你说不对头是什么意思？"好心眼儿巨人问道。

"在我们冒泡泡的饮料里，"索菲说，"泡泡总是向上冒，并且是在顶上爆开的。"

"往上冒才是不对头！"好心眼儿巨人叫道，"你不能让泡泡往上冒！那是我听到过的最叫人脸红的垃圾货！"

"你为什么这样说？"索菲问他。

"你问我为什么！"好心眼儿巨人叫道，把那只巨大的玻璃瓶挥来挥去，就像在指挥一个乐队，"你真是告诉我，你看不出泡泡往上冒而不往下冒为什么是个绝大的错误吗？"

"你刚才说它叫人脸红，现在你又说它是绝大的错误。到底是哪个？"索菲有礼貌地问道。

"两个都用上！"好心眼儿巨人叫道，"让泡泡往上冒既叫人脸红，又是绝大的错误！如果你看不出为什么，那么你一定和鸭子一样只会嘎嘎叫！天哪，你的脑袋瓜里一定满是青蛙皮和蚊子。如果我以为你还能想东西，我真是傻瓜了！"

"为什么泡泡不可以向上冒呢？"索菲问道。

"我来解释，"好心眼儿巨人说，"不过你先告诉我，你的饮料都叫什么名字。"

"一种叫'可口可乐'，"索菲说，"还有一种叫'百事可乐'。这种饮料多的是。"

"泡泡全都往上冒吗？"

"全都往上冒。"索菲说。

"灾难！"好心眼儿巨人大叫道，"往上冒泡泡是天大的灾难！"

"请你告诉我为什么，好不好？"索菲说。

"如果你注意听，我来给你解释。" 好心眼儿巨人说，"不过你那个脑袋瓜里满是甲虫，我怀疑你是不是听得懂。"

"我尽量听懂。"索菲耐心地说。

"那好。当你们喝你们这种'可口可乐'什么的，"好心眼儿巨人说，"它一直向下流到你的肚子里，对吗？"

"对。"索菲说。

"那些泡泡也到你们的肚子里，对不对？"

"对。"索菲说。

"那些泡泡向上冒？"

"当然。"索菲说。

"这就是说，"好心眼儿巨人说道，"它们全都噼噼噼冒上你们的喉咙，冒出你们的嘴巴，造成一种难听的打嗝

声！"

"一点儿不错。"索菲说，"不过打个嗝又有什么不好呢？这很好玩。"

"打嗝声太难听了。"好心眼儿巨人说，"我们巨人从来不打嗝。"

"可你们的饮料，"索菲说，"你们叫它什么？"

"下气可乐。"好心眼儿巨人说。

"这种下气可乐喝下去，"索菲说，"泡泡在你们的肚子里就往下冒，那结果要糟糕得多。"

"为什么糟糕？"好心眼儿巨人沉下了脸问道。

"因为，"索菲说，脸有点红，"如果它们不往上冒而是往下冒，它们就要在下面的什么地方冒出来，那声音还要响还要难听。"

"为什么难听？"好心眼儿巨人大叫着，对她眉飞色舞，"我们巨人一直噼啊扑！噼啊扑是快乐的象征。它在我们的耳朵里是音乐！你当然不会对我说，一个小小的噼啊扑在人豆子中间是犯忌的吧？"

"这被认为是极端没有礼貌。"索菲说。

"可你们有时不是也噼啊扑的吗？"好心眼儿巨人问道。

"人人都会噼啊扑，如果你是这么叫这种做法的话。"索菲说，"国王和王后会噼啊扑。总统会噼啊扑。漂亮的电影明星会噼啊扑。小宝宝会噼啊扑。不过在我来的地方，讲这种事是不礼貌的。"

"胡说八道！"好心眼儿巨人说，"如果人人都会噼啊扑，那么，这件事为什么就不能讲呢？我们现在来喝一口这种味道好极了的下气可乐吧，你就会看到快活的结果了。"好心眼儿巨人使劲摇那瓶子，灰绿色的液体冒起泡泡来，他拔掉瓶塞，咕嘟嘟喝了一大口。

"真过瘾！"他叫道，"我爱它！"

好一会儿工夫，好心眼儿巨人站着一动不动，一种完全销魂的神情在他起皱的长脸上泛开。接着忽然之间就如同晴天霹雳，他发出一连串索菲一辈子从未听到过的最响、最没有礼貌的响声。它们就像雷声在四壁回转，架子上的玻璃瓶全都乒乒乓乓地震响了。但是最惊人的是这种爆炸力让巨人像火箭般两脚完全离地升起来了。

　　"好啊！"等到他重新落到地面，他大叫着说，"这就是你看到的噼啊扑！"

　　索菲捧着肚子哈哈大笑起来。她实在忍不住了。

　　"你也来一点儿吧！"好心眼儿巨人把大瓶子的瓶颈向索菲斜过去，叫道。

"你有杯子吗？"索菲说。

"没有杯子，只有瓶子。"

索菲张开她的嘴，好心眼儿巨人很慢地把瓶子斜过来，倒了一点儿神奇的下气可乐到她的嘴巴里。

噢，天哪，味道好极了！它又甜又提神，喝起来是香草奶油味道，带有一点儿淡淡的悬钩子味。泡泡真妙！索菲的确能感到它们在她的整个肚子里蹦蹦跳跳，噗噗爆开。这是一种奇怪的感觉，就像有几百个小人在她肚子里跳吉格舞，用他们的小脚趾搔她的痒痒。太舒服了。

"太舒服了！"她叫道。

"等着吧。"好心眼儿巨人扇动着他的两只大耳朵说。

索菲能够感到泡泡越来越往肚子下面去，接着忽然之间，忍也忍不住……开始爆炸了。喇叭响起来，她也让山洞的四壁响起了音乐声和打雷声。

"好！"好心眼儿巨人挥动着瓶子大叫，"你作为一个刚入门的，实在是不错！我们再来一点儿吧！"

到梦乡去

等到狂喝了一通下气可乐，噼啊扑热闹了一番以后，索菲重新落到大桌子上面。

"你现在觉得好些了吧？"好心眼儿巨人问她。

"好多了，谢谢你。"索菲说。

"不管什么时候我觉得有点渴，"好心眼儿巨人说，"几口下气可乐总是让我重新精神起来。"

"我必须说，这真让我长见识。"索菲说。

"这是一次狂欢，"好心眼儿巨人说，"这是了不起的。"他转身迈大步走过去，拿起他的捕梦网兜。"我现在要出去了，"他说，"去捕捉更多呱呱叫的梦收藏起来。我每天这么干，一天不缺。你想跟我一起去吗？"

"我不去，太谢谢你了！"索菲说，"其他巨人埋伏在外面，我可不敢去！"

"我可以把你舒舒服服地藏在我背心的口袋里，"好心眼儿巨人说，"这样就不会有人看到你了。"

索菲还没来得及反对，好心眼儿巨人已经把她从桌子上抓起来，扑通一下放进了他的背心口袋里。背心口袋很大，很宽敞。"你要有个小洞朝外面看看吗？"他问她。

"这里面已经有一个了。"她说。她已经在口袋里找到了一个小洞，她把一只眼睛靠上去，外面的东西看得清清楚楚。她看着好心眼儿巨人弯腰把他的手提箱放满了空玻璃瓶。他盖上手提箱，一只手把它提起来，另一只手拿起捕梦网兜，然后大踏步朝山洞口走去。

一出山洞，好心眼儿巨人就穿过热辣辣的黄色荒野，那上面是东一块西一块的大石头、东一棵西一棵的枯树，其他巨人都躲在那里。

索菲蹲在背心口袋里，用一只眼睛盯住那个小洞。她看到那帮超大巨人离他们有三百来码远。

"屏住气！"好心眼儿巨人低头悄悄地对她说，"但愿走运！我们这就走！我们要直接经过这些巨人！你看到那特大的一个了吗，最靠近我们的？"

"我看见了。"索菲发着抖悄悄地回答。

　　"他是其中最可怕的一个。他个子最大。他叫作吃人肉块巨人。"

　　"这名字我连听也不要听。"索菲说。

　　"他有五十四英尺高。"好心眼儿巨人一边慢步走着一边轻轻地说，"他吃人豆子像吃糖块一样，两三个一口。"

　　"你说得我的心怦怦跳了。"索菲说。

　　"我的心也在怦怦跳。"好心眼儿巨人悄悄地说，"只要吃人肉块巨人在附近，我总是心惊胆战。"

　　"避开他吧。"索菲求他说。

　　"不可能，"好心眼儿巨人回答，"他跑起来比我快一倍。"

　　"我们掉转身回去好吗？"索菲说。

　　"掉转身回去更糟，"好心眼儿巨人说，"他们看见我逃走就要来追，还要扔石头。"

　　"不过他们不会吃你，对吗？"索菲问道。

　　"巨人不吃巨人，"好心眼儿巨人说，"他们相互之间老是争吵打架，可是从不你吃我我吃你。对他们来说，人豆子的味道要好得多。"

那些巨人已经看到了好心眼儿巨人，所有的头都转过来看他朝前走。他原打算从这群巨人右边溜过去。

索菲从那个小窥视孔看到，吃人肉块巨人走过来挡住了他们的去路。他走得不慌不忙，好像无意中走到了好心眼儿巨人的必经之路上。其他巨人跟在他后面。索菲数了数，一共是九个，她认识的那个喝血巨人也在他们中间。他们看起来十分无聊。天黑之前他们无所事事。当他们迈大步慢慢地走过荒野、向着好心眼儿巨人走过来的时候，带来了一种危险气氛。

"这小矮子精来了！"吃人肉块巨人轰隆轰隆地说，"嗬嗬嗬，喂，小矮子精！这么急急忙忙的，你要上哪儿去啊？"他伸出一只巨臂，一把抓住了好心眼儿巨人的头发。好心眼儿巨人没有挣扎，他只是停下来一动不动，说："请放开我的头发，吃人肉块巨人。"

吃人肉块巨人放开他，退后一步。其他巨人围上来等着看热闹。

"好，你这小矮子精！"吃人肉块巨人轰隆轰隆地说，"我们大家都想知道，你每天白天都上什么地方去了。天黑之前，谁也不该上什么地方去，人豆子会很容易发现你，开始围捕巨人。我们可不愿意这种事发生。哥儿们，是这样吗？"

"是这样！"其他巨人大叫起来，"回到你的山洞去，你这小矮子精！"

"我可不是去人豆子的地方，"好心眼儿巨人说，"我到别的地方去。"

"我在想，"吃人肉块巨人说，"你是去抓来人豆子，把他们当宠物玩。"

"你说得对！"喝血巨人插嘴说，"刚才我听见他在山洞里跟一个人豆子喊喊喳喳地说个没完！"

"欢迎你们到我的山洞里去搜个遍，"好心眼儿巨人回答说，"你们可以去把每个犄角看个遍。那里没有人豆子，或者刀豆子，或者红花菜豆子，或者软糖豆子，或者任何豆子。"

索菲在好心眼儿巨人的口袋里一动不动地蜷缩着，像只小老鼠。她连气也不敢透。她生怕被闻出来。最小的声音和动作都会把她暴露。透过那个小窥视孔，她看到那些巨人围住可怜的好心眼儿巨人。他们是多么令人作呕啊！他们个个长着猪猡一样的小眼睛和血盆大口。当吃人肉块巨人说话的时候，她看到了他的舌头。这舌头墨黑一片，像一块黑牛排。这些巨人个个都比好心眼儿巨人高出一倍。

忽然一下子，吃人肉块巨人伸出两只巨手，一把抓住好心眼儿巨人的腰。他把好心眼儿巨人高高抛到空中，大叫道："接住他，抱汉包巨人①！"

抱汉包巨人接住了他。其他巨人散开，很快围成一个大圆圈，巨人之间相隔二十码，准备玩抛人游戏。现在抱汉包巨人把好心眼儿巨人抛到半空，大叫着说："接住他，嘎吱嘎吱嚼骨头巨人！"

嘎吱嘎吱嚼骨头巨人上前一步，一把接住了打着滚下来的好心眼儿巨人，马上又把他抛起来。"接住他，嚼孩子巨人！"他叫道。

就这么抛啊接地继续下去，这些巨人把好心眼儿巨人当球来抛，相互比赛，看谁抛得最高。索菲把她的指甲抠

---

① 希望这个名字让你想到"汉堡包"。这里的"汉"是真正的男子汉。

到口袋的皮革里，好让自己倒过来的时候不会跌出去。她觉得自己就像在一个滚下尼亚加拉瀑布的木桶里，万一其中一个巨人失手，接不住好心眼儿巨人，她就会"啪嗒"落在地上。

"接住他，肉油滴滴答巨人！"

"接住他，大吃特吃内脏巨人！"

"接住他，啃姑娘巨人！"

"接住他，喝血巨人！"

"接住他……接住他……接住他……"

到后来，他们将这个游戏玩厌了，他们把可怜的好心眼儿巨人扔在地上。他头昏眼花，一点儿力气都没有了。

他们踢了他几脚，叫道："跑吧，你这小矮子精！让我们看看你能跑多快！"好心眼儿巨人只好跑起来。他有什么办法呢？那些巨人捡起石头来扔向他，他好不容易躲开它们。"蹲洞的小呆子！"他们叫道，"煞风景的傻瓜！恼人的孬种！挨人骂的矮子精！肺都让你气炸的废物！去你的，蛆虫！"

最后，好心眼儿巨人总算离开了他们。再一转眼，那群巨人就在地平线那头消失得无影无踪了。索菲从口袋里探出头来。"这样胡闹

我实在不喜欢。"她说。

"呸!"好心眼儿巨人说,"呸呸呸呸呸!他们今天那腔调真是坏透了,那还用说!你一直天旋地转,我实在抱歉。"

"你更受罪。"索菲说,"他们真会伤害你吗?"

"我从来就没信任过他们。"好心眼儿巨人说。

"说真的,他们怎么捉人来吃呢?"索菲问道。

"他们通常就是把一条胳膊伸进卧室窗口,把他们从床上抓起来。"好心眼儿巨人说。

"就像你抓我那样?"

"啊,可是我不吃你。"好心眼儿巨人说。

"他们还怎样抓人呢?"索菲又问。

"有时候,"好心眼儿巨人说,"他们像鱼那样在海上游,只把脑袋露出水面,然后一只毛茸茸的大手伸上来,把海滩上的人豆子一把抓走。"

"也抓小孩?"

"通常抓小孩,"好心眼儿巨人说,"在沙滩上用沙子砌城堡的小小孩。游水的巨人就找小小孩。小小孩的肉吃起来不像老奶奶的肉那么老,嚼孩子巨人是这么说的。"

他们说话的时候，好心眼儿巨人一路上飞跑。这时候索菲笔直地站在他的背心口袋里，双手抓住口袋的边。她的头和双肩露在外面，风吹着她的头发。

"他们还怎样抓人呢？"她问道。

"他们各有各抓人豆子的特殊办法。"好心眼儿巨人说，"肉油滴滴答巨人更喜欢装作公园里的一棵大树。在黑乎乎的晚上，他站在公园里，头顶上举着大树枝，专等快活的一家人到树枝张开的树下来野餐。肉油滴滴答巨人看着他们把食物摆好了来个小小的聚餐。可到最后，是肉油滴滴答巨人自己饱吃一餐。"

"太可怕了！"索菲叫道。

"大吃特吃内脏巨人最爱都市。"好心眼儿巨人说下去，"这大吃特吃内脏巨人在大都市里高高地躺在屋顶上。他舒舒服服地躺在那里，像一个钓鱼的人，看着人豆子们在下面的街道上来来往往。他只要看中一个看来味道呱呱叫的，就把他抓上来。他只要把手伸下去把那人豆子抓上来就行了，跟猴子抓一颗榛子那样。他说晚饭能挑拣东西吃再好不过了。他说，这就跟在饭馆里看菜单点菜一样。"

"人们看不见他这样做吗？"索菲问道。

"他们从来看不见他。别忘了，这个时间天色是暗的，而且这大吃特吃内脏巨人那条胳膊动作非常快，它下去上来快得像眼睛一眨。"

"可每天晚上有那么多人不见了，一定会引起喧嚷的吧？"索菲说。

"世界很大很大，"好心眼儿巨人说，"地球上有一百多个国家。巨人们很聪明。他们小心着，不老是到同一个国家去，他们总是轮流着到各个国家去。"

"尽管这样……"索菲说。

"别忘了，"好心眼儿巨人说，"就算没有巨人吃人豆子，满处的人豆子也是会不见的。人豆子你杀我我杀你，杀的比巨人吃的还要多得多。"

"可他们不你吃我我吃你。"索菲说。

"巨人们也不你吃我我吃你，"好心眼儿巨人说，"而且巨人们不你杀我我杀你。巨人们是不可爱，可他们不你杀我我杀你。鳄鱼也不你杀我我杀你。猫也不你杀我我杀你。"

"猫杀老鼠。"索菲说。

"对，可它们不杀自己的同类，"好心眼儿巨人说，"只有人豆子这种动物杀自己的同类。"

"毒蛇不你杀我我杀你吗？"索菲问道。她拼命挖空心思，想要找出一种和人一样行为丑恶的动物。

"毒蛇也不自相残杀，"好心眼儿巨人说，"最凶猛的动物像老虎和犀牛也不。它们没有一种曾经杀死过自己的同类。这一点你曾想到过吗？"

索菲保持沉默。

"我一点儿不明白人豆子。"好心眼儿巨人说，"你是一个人豆子，口口声声说巨人吃人豆子是可恨的、可怕的，对不对？"

"对。"索菲说。

"可人豆子一直在自相残杀。"好心眼儿巨人说，"他们开枪，坐飞机在对方的头顶上扔炸弹，每个星期都有不少。人豆子老是杀死人豆子。"

他是对的。他当然是对的，索菲知道。她开始考虑人是不是真比巨人好一点儿。"即使这样，"她为人类辩护说，

"我还是认为，那些该死的巨人每天晚上去吃人是卑劣的。人又没有伤害他们。"

"那正是小猪猡每天说的话，"好心眼儿巨人回答说，"小猪猡说：'我又没有伤害人，人为什么要吃我？'"

"天哪！"索菲说。

"人豆子制定符合他们自己的规则，"好心眼儿巨人说下去，"可这些规则不能用到小猪猡它们身上去。我说得对不对？"

"对。"索菲说。

"巨人也制定规则。他们的规则不能用到人豆子身上去。他们各自制定适用于自己的规则。"

"可你也不赞成那些野蛮的巨人每天晚上吃人，对吗？"索菲问道。

"我不赞成。"好心眼儿巨人坚定地回答，"不能以牙还牙。你在我的口袋里还舒服吗？"

"很舒服。"索菲说。

忽然之间，好心眼儿巨人又用他的高速度奔跑起来。他开始用惊人的跳跃动作向前直冲。他的速度叫人难以置信。景色模糊成一片，索菲又只得缩进口袋避开呼呼狂吼的风。她蹲在口袋里听着风呼呼地吹过。风像刀那样插进口袋的小洞里，像飓风那样在她周围轰响。

可这会儿好心眼儿巨人不再用最高的速度奔跑了。他好像有什么障碍要越过，是座大山，或者是个大洋，或者是片大沙漠。越过之后，他重新慢下来，恢复到正常速度。索菲于是又可以把头伸出来看看外面的情形。

她一眼看到，他们这会儿是在一个更加灰暗的旷野中。太阳已经在一片雾气中不见了踪影。温度一点儿一点儿变低。地很平，没有树木，它像是没有颜色的。

雾越来越浓。天越来越冷。一切东西变得越来越灰暗，很快，他们四周只是灰蒙蒙的一片。他们是在充满鬼气的翻滚迷雾之中。脚下有一些草，但不是绿色的，而是灰白色的，没有生物的迹象，除了好心眼儿巨人啪嗒啪嗒的脚步声，根本没有一丁点儿声音。

好心眼儿巨人忽然停下来。"我们终于到了！"他说。他低头把索菲从他的口袋里拿出来，放到地上。她依旧穿着那件睡袍，光着两只脚。她浑身哆嗦着，看着周围充满

罗尔德·达尔作品典藏

91

鬼气的翻滚迷雾。

"我们这是在哪里？"她问道。

"我们是在梦乡，"好心眼儿巨人说，"这是一切梦开始的地方。"

捕 捉 梦

　　好心眼儿巨人把手提箱放在地上。他把腰弯得很低，因此那张巨脸离索菲很近。"从现在起，我们要静得像芝麻绿豆小老鼠。"他悄悄地说。

　　索菲点点头。雾气在她周围打转，她的脸蛋湿乎乎的，头发上落下几滴露珠。

　　好心眼儿巨人打开手提箱，拿出几只空玻璃瓶。他把它们放在地上，瓶盖都打开了。接着他站起来，他的头在翻滚的迷雾里时隐时现。他右手握住网兜的长竿。

　　索菲抬起头来看，透过迷雾，看到他的两只巨大的耳朵开始从头上张开来，它们轻轻地转过来转过去。

　　忽然，好心眼儿巨人猛跳起来，很快地挥动着捕梦网兜。"网到了！" 他叫道，"一只瓶子！一只瓶子！快快快！"索菲拿起一只瓶子，捧起来给他。他一把抓过瓶子，放下网兜，很小心地把一样根本看不见的东西从网兜里倒进瓶子，很快地用一只手捂住瓶口。"瓶盖！"他悄悄地说，"快拿瓶盖来！"索菲把瓶盖递给他。他把瓶盖牢牢地旋紧。瓶子盖上了。好心眼儿巨人非常兴奋。他把瓶子举到一只耳朵旁边，竖起了耳朵听。

"是个'一见欢'！"他声音发抖地悄悄说，"是……是……是……甚至更好。是个'仙境游'！是个金色的'仙境游'！"

索菲盯住他。

"哎呀，哎呀！"他把瓶子举到面前说，"等我把这个梦吹进去，它会让一个小家伙快快活活地过一夜！"

"真是一个好梦吗？"索菲问道。

"一个好梦？"他叫道，"这是一个金色的'仙境游'！这样的梦不是经常能抓到的！"他把瓶子交给索菲，说："现在请安静得像一只海星。我在想，今天这里可能有整整一群'仙境游'。麻烦你把呼吸屏住。你在我脚底下响得太厉害了。"

"我连肌肉都没动一动。"索菲说。

"那就不要去动它！"好心眼儿巨人声色俱厉地说。他

重新在迷雾中站直，拿着网兜做好准备。接着他半天一动不动，一声不响，等着，倾听着。最后，他叫人大吃一惊地猛跳起来，挥动着网兜。

"另一只瓶子！"他叫道，"快快快！"

等到第二个梦被安全地放进瓶子，盖子旋紧，好心眼儿巨人把它放到耳边。

"噢，不！"他叫道，"噢，驱走我的蛆！噢，揍扁我的猪！"

"什么事？"索菲问道。

"这是个'进旋涡'！"他叫起来。他的声音充满了怒气。"噢，救命啊！"他叫道，"救救我离开鼬鼠啊！魔鬼在我的关节里跳舞啦！"

"你都在说些什么啊？"索菲说。好心眼儿巨人越来越泄气了。

"噢，瞎掉我的眼睛！"他在空中挥动着瓶子大叫，"我走那么远的路，是来捕捉可爱的金色的梦的，可我捕捉到什么啦！"

"你捕捉到什么了？"索菲说。

“捕捉到了一个可怕的'进旋涡'！”他大叫，“这是很糟糕很糟糕的梦！比很糟糕的梦还要糟糕！这是一个噩梦！”

“噢，天哪！”索菲说，“你拿它怎么办呢？”

“我永远永远不放走它！”好心眼儿巨人叫道，“如果我放走它，可怜的小朋友就会一夜做血都要凝结的梦了！这一个梦是真正的陷在泥沼里乱蹬腿的梦！我一回家就处理掉它！”

“噩梦太可怕了，”索菲说，“我有一回做了一个噩梦，醒来浑身都是汗。”

“碰到这一个，你醒来会哇哇大叫！”好心眼儿巨人说，“这一个噩梦会让你牙齿倒立！这一个噩梦要是到了你的脑子里，你的血就会冻成冰，你的皮肤就会在地板上爬！”

“它噩成这个样子吗？”

“比这还糟！”好心眼儿巨人说，“这是真正的'陷泥沼'！”

“你刚才说的是'进旋涡'吧。”索菲告诉他。

　　"对，是'进旋涡'！"气急败坏的好心眼儿巨人叫道，"不过它也是'陷泥沼'和'下地狱'！三合一！噢，我把它关紧，真是太高兴了。啊，你这坏东西，你！"他大叫着举起瓶子往里面看，"你再也不能吓唬那些可怜的小人豆子了！"

　　索菲也往玻璃瓶里看，然后大叫起来："我看到它了！里面有东西！"

　　"里面当然有东西，"好心眼儿巨人说，"你看到的正是吓人的'进旋涡'。"

　　"可你跟我说过梦是看不见的。"

　　"它们在被抓到之前是看不见的，"好心眼儿巨人告诉她，"可被抓到以后，它们就不是完全看不见了。这一个我们可以看得很清楚。"

　　索菲看到瓶子里一样东西的淡淡的紫色轮廓，它看上去介乎一个气泡和一个胶糖泡泡之间。它激烈地扭动着，撞着瓶壁，不停地改变着形状。

　　"它一直在那里挣扎！"索菲叫道，"它挣扎着要出来！它要把自己撞个粉碎！"

"梦越坏，被关起来的时候就越凶。"好心眼儿巨人说，"它和野兽一样。一只凶猛的野兽，你把它关在笼子里，它会发狂地挣扎。一只善良的野兽，它会静静地待着。梦也完全是这样。这一个是凶狠的'陷泥沼'噩梦。你只要看它狠狠地撞玻璃的样子就知道了！"

"它真叫人害怕！"索菲叫道。

"我可不愿让这一个梦在黑夜里钻进我的脑袋瓜。"好心眼儿巨人说。

"我也是！"索菲说。

好心眼儿巨人把那些瓶子仍旧放回到手提箱里。

"这就完啦？"索菲问道，"我们还要捉吗？"

"这个 '进旋涡陷泥沼下地狱' 弄得我太难受了。"好心眼儿巨人说，"我不想再捉啦。捕捉梦的工作今天算是结束了。"

索菲马上回到他的背心口袋里，好心眼儿巨人要多快有多快地飞奔回家。当他们离开迷雾，重新来到那片火烫的黄色荒原上时，其他巨人正叉手叉脚地躺在地上呼呼大睡。

把"进旋涡"赏给
吃人肉块巨人

"他们在傍晚出去抓人豆子之前，总要先睡上眨五十眼的时间。"好心眼儿巨人说。他停下一会儿，让索菲把他们好好看一看。"巨人只睡那么一阵，"他说，"一点儿不像人豆子。人豆子贪睡。你想到过吗？一个五十岁的人豆子，睡觉就占了他二十个年头。"

"我必须承认，这件事我从来没有想到过。"索菲说。

"你应该想想。"好心眼儿巨人说，"请你想象一下吧，一个自称五十岁的人豆子有二十个年头在睡觉，这二十个年头他甚至不知道自己在哪里！甚至什么也不做！甚至什么也不想！"

"想想倒真滑稽。"索菲说。

"这一点儿也不假。"好心眼儿巨人说，"那么，我要告诉你的就是，一个自称五十岁的人豆子，其实他并不是五十

岁，他只有三十岁。"

"那么我呢？"索菲说，"我八岁。"

"你根本不是八岁，"好心眼儿巨人说，"婴儿人豆子和小人豆子娃娃有一半时间在睡觉，因此你只有四岁。"

"我八岁。"索菲说。

"你可以说你自己八岁，"好心眼儿巨人说，"但是你在这八年当中，只有四年张开你的小眼睛，因此你只有四岁，谢谢你，不要再跟我争了。像你这样的小不点儿傻妞不该跟一位比你大好几百岁的老圣人和老洋葱争。"

"那么巨人睡多少时候呢？"索菲问道。

"他们从来不在睡觉上浪费很多时间，"好心眼儿巨人说，"两三个钟头就足够了。"

"你什么时候睡觉呢？"

"我睡得更少，"好心眼儿巨人回答说，"我难得睡一次。"

索菲从口袋里望出去，仔细看那九个在睡觉的巨人。他们这时候比醒着时更加难看。他们叉手叉脚躺在黄色的平原上，占的面积相当于一个足球场那么大。他们仰面躺着，张大了巨嘴，打呼噜的声音犹如向雾中的船只发警告的喇叭声，简直太可怕了。

忽然，好心眼儿巨人腾空一跳。"天哪！"他叫道，"我刚想出了一个了不起的绝妙主意！"

"什么主意？"索菲问。

"等着！"他叫道，"你不要响！握住你的裙子待着！你就等着看我做这件事情吧！"他带着抓紧口袋的索菲，飞也似的跑回他的山洞。他把大石头滚到一边。他走进山洞。他兴奋万分。他动作快捷。"你继续待在我的口袋里，小宝贝，"他说，"我们两个一起来做这件好玩的小把戏。"他放好捕梦网兜，可还是提溜着手提箱。他跑到山洞的另一头，拿起那把长小号，就是她在镇上第一次看见他时带着的那一把。他一手提溜着手提箱，一手拿着小号，冲出了山洞。

索菲不知道他要干什么。

"你抬起头好好地看着，"好心眼儿巨人说，"那么你就能看清楚什么事在发生了。"

当好心眼儿巨人走近那些睡着的巨人时，他放慢了脚步。他开始轻轻地走路。他踮着脚向那些丑恶的野蛮巨人走去。他们还在大声地打着呼噜。他们看上去真叫人恶心，像恶鬼一样。好心眼儿巨人踮着脚绕着他们走。他走过大吃特吃内脏巨人、喝血巨人、肉油滴滴答巨人、嚼孩子巨人，接着他停下来。他来到了吃人肉块巨人那儿。他指指他，接着低下头来看看索菲，对她用力眨了眨眼睛。

然后他跪在地上，很轻很轻地打开手提箱。他从里面拿出一只玻璃瓶，正是装着那可怕的叫人做噩梦的"进旋涡"的那只玻璃瓶。

到这节骨眼上，索菲猜出来接着要发生什么事了。

"哇！"她想，"这会十分危险。"她在口袋里蹲得低一些，只露出头和眼睛。她想做好准备，万一出什么事，她可以很快地缩到口袋里。

他们离吃人肉块巨人的脸大约十英尺远。他发出的呼噜呼噜声真叫人受不了。在那两片张开的嘴唇之间不时冒出个大泡泡，接着"啪"一声爆掉，泡沫盖了他一脸。

好心眼儿巨人一百个小心，旋开了玻璃瓶的盖子，把那拼命在扭动挣扎的淡紫色"进旋涡"倒进长小号宽的一头，然后把小号的另外一头放到嘴唇间。他把小号直接瞄准吃人肉块巨人的脸。他深深吸了一口气，然后鼓起腮帮，接着，呼！他吹出去了！

索菲看到淡红色的东西一闪，直奔吃人肉块巨人的脸。它在他的脸上跳动了一转眼的工夫，接着就不见了。它似乎被吃人肉块巨人的鼻子吸了进去，但这件事发生得太快，索菲吃不太准。

"我们最好赶紧躲到安全的地方去。"好心眼儿巨人悄悄地说。他快步走开了一百码，然后停下来，低低地蹲在地上。"好，"他说，"现在我们就等着大炮和大火开始吧。"

他们用不着等多久。

空气忽然被一声可怕的咆哮撕破了。索菲刚听见这声音，就看到吃人肉块巨人的身体，一共五十四英尺高，一下子离开地面站起来，接着又轰隆一声倒下去。接着它开始用最疯狂的样子扭来扭去，一上一下地蹦蹦跳跳，真叫人毛骨悚然。

"哎哟哟哟！"吃人肉块巨人咆哮着，"啊呀呀呀呀！喔唷唷唷！"

　　"他还在睡着，"好心眼儿巨人悄悄地说，"那可怕的'进旋涡'噩梦开始折腾他了。"

　　"他活该！"索菲说，她可以感觉到自己对这吃孩子像嚼糖块一样的巨大野兽没有丝毫同情。

　　"救命啊！"吃人肉块巨人尖声大叫，发疯地扭动起来，"他在追我！他在捉我！"

　　他四肢的扭动和双臂的挥舞这时候变得更加剧烈了，看到一个像座山似的动物这样猛烈地抽搐真是叫人恐怖万

分。

"这是杰克！"吃人肉块巨人哇哇大叫，"这是可怕的杰克！杰克在追我！杰克在打我！杰克在刺我！杰克在揍我！这是可怕的吓死人的杰克！"吃人肉块巨人像条受折磨的巨蟒满地扭来扭去。"噢，饶了我吧，杰克！"他哀号着，"不要打我了，杰克！"

"他叫的这个杰克是谁啊？"索菲悄悄地问道。

"杰克是所有巨人都害怕的唯一一个人豆子。"好心眼

儿巨人告诉她，"他们全都百分之百地害怕杰克。他们全都听说过杰克是有名的巨人杀手①。"

"救命啊，救救我啊！"吃人肉块巨人拼命地尖叫，"可怜可怜我这可怜的小巨人吧！那豆梗！他拿着他那根可怕的带刺豆梗追上我了！我求求你，杰克，我拜拜你，不要用你那根可怕的带刺豆梗碰我！"

---

① 这里借用的是英国民间故事《杰克和豆梗》。故事说的是：杰克种豆子，豆梗长到天上，杰克顺着豆梗来到天上吃人巨人的宫殿，趁巨人睡觉，拿走了他的宝贝。巨人醒后追下来，半空中摔到地上，跌死了。

"我们巨人,"好心眼儿巨人悄悄地说,"对这个叫杰克的可怕人豆子知道得不多。我们只知道他是有名的巨人杀手,他有一样东西叫作豆梗。我们也知道豆梗是一样吓人的东西,杰克就用它来杀死巨人。"

索菲忍不住笑起来。

"你笑什么?"好心眼儿巨人问她,有点不高兴。

"我以后再告诉你。"索菲说。

这个可怕的噩梦这会儿把巨人恶兽折腾得非常惨,他

将身体蜷成了一个结。"不要这样，杰克！"他哀求道，"我不吃你，杰克！我从来不吃人豆子！我发誓我一辈子里从来没有吃过一个人豆子！"

"撒谎。"好心眼儿巨人说。

就在这时候，吃人肉块巨人的一只不停挥打的拳头打在了还在熟睡的肉油滴滴答巨人的大嘴巴上。与此同时，

他的一条拼命乱踢的大腿正好踢在打着呼噜的大吃特吃内脏巨人的肚子上。两个挨了揍的巨人被弄醒了，一下子跳了起来。

"他捆了我的嘴巴！"肉油滴滴答巨人大叫。

"他踢了我的肚子！"大吃特吃内脏巨人大喊。

他们两个一起向吃人肉块巨人猛扑过去，开始用他们

好心眼儿巨人

的拳头和脚揍他踢他。倒大霉的吃人肉块巨人猛地醒过来。他从一个噩梦醒来却又进入了另一个噩梦。他咆哮着投入战斗。他们这样哇哇大叫着乱打乱踢，睡着的那些巨人不是被踩着就是被踢着。一转眼工夫，他们九个全都参加到这场混战中。他们相互又揍、又踢、又抓、又咬、又撞，要多狠有多狠。血流下来。鼻子给打扁了。牙齿像冰雹那样纷纷落下。巨人们咆哮、尖叫、咒骂，黄色荒原上的喊杀声久久不息。

好心眼儿巨人高兴极了，满脸堆着笑。"我真高兴他们好好挨了一顿拳打脚踢。"他说。

"他们会互相杀死的。"索菲说。

"绝对不会。"好心眼儿巨人回答说，"这些野兽经常相互拳打脚踢。天很快就要黑了，他们要去填饱他们的肚子啦。"

"他们又粗野、又下流、又邪恶，"索菲说，"我憎恨他们！"

当好心眼儿巨人朝他的山洞走去的时候，他平静地说："我们把那噩梦派了个好用场，对不对？"

"这个用场派得好得不能再好了。"索菲说，"你干得真棒！"

梦

　　好心眼儿巨人坐在他山洞里的那张大桌子旁边，他在做他的作业。

　　索菲靠近他，盘腿坐在桌子上，看他干活儿。

　　装着他们捉来的唯一一个好梦的玻璃瓶放在桌子上。

　　好心眼儿巨人正在用一支巨大的铅笔在一张纸上很小心、很耐心地写着什么。

　　"你在写什么啊？"索菲问他。

　　"每一个梦在瓶子上都有它特殊的标签。"好心眼儿巨人说，"不这样我怎么能找到我要找的梦呢？"

　　"可你光靠着听，真能说出那是个什么梦吗？"索菲问道。

　　"我能。"好心眼儿巨人头也不抬地回答。

　　"可你怎么能听出来呢？是听它嗡嗡响的声音吗？"

　　"你说得大致不错。"好心眼儿巨人说，"世界上每一个

梦都发出不同的嗡嗡声，只有我这对伟大的耳朵能够听出这种音乐。"

"你说的音乐就是声调吧？"

"不光是声调。"

"那是什么呢？"

"人豆子有他们自己的音乐，对不对？"

"对，"索菲说，"有许多音乐。"

"人豆子听到了美妙的音乐，他们有时候会非常入迷。

他们会浑身颤抖，一直颤抖到尾骨，对不对？"

"对。"索菲说。

"因此音乐是在对他们说着什么东西。音乐在传递一种信息。我不认为人豆子知道那是什么信息，可他们照样喜欢它。"

"这差不多对。"索菲说。

"可因为我有这对了不起的耳朵，"好心眼儿巨人说，"我不但能够听见梦所奏出的音乐，而且我还明白它。"

"你说明白它是什么意思？"索菲问道。

"我能读出它来，"好心眼儿巨人说，"它对我说话。它像是一种语言。"

"我觉得这有点难以相信。"索菲说。

"我敢打赌，对外星人你也觉得有点难以相信，"好心眼儿巨人说，"他们是怎样从星球上来探望我们的。"

"当然，我不相信这个。"索菲说。

好心眼儿巨人用他那双大眼睛严肃地看着她。"我要请你原谅，"他说，"如果我告诉你，人豆子自以为非常聪明，实际上并非如此。他们所知不多，就知道叽叽喳喳。"

"对不起，我不明白你的意思。"索菲说。

"人豆子的问题是，"好心眼儿巨人说下去，"他们绝对不肯相信任何事情，除非事情摆到了他们的鼻子前面，他们亲眼看到了。外星人当然是存在的。我经常碰到他们。我甚至和他们聊天。"他用看不起的神气把眼光从索菲身上转开，重新去写他的字。索菲靠过去读他已经写出来的东西。字写得又大又随便，而且写得不太好。下面就是他写的：

这个梦是关于我怎样把溺水的老师救起来。我从一座高高的桥上跳下去，潜到水里，把老师拉到岸上，然后我给他那个死亡之吻……

"什么之吻？"索菲问道。

好心眼儿巨人停止了书写，慢慢地抬起头来。他的目光停在索菲的脸上。"我已经告诉过你，"他平静地说，"我从来没有机会进学校。我写错的字很多。它们全是我的错。我要尽力写对。你是一个可爱的小姑娘，可请你记住，你也不完全是个无所不知的小姐。"

"对不起，"索菲说，"我真抱歉。我老是纠正你的错，这是很没有礼貌的。"

好心眼儿巨人又看了她一会儿，然后重新低下头去慢慢地用心写字。

"请老实告诉我，"索菲说，"如果我睡着了，你把这个梦吹进我的卧室，我真会做梦从桥上跳下水，潜到水里救我溺水的老师吗？"

"不仅如此，"好心眼儿巨人说，"还要多得多。可我不能在一张小纸片上写下整个冗长的梦。梦见的东西还要多。"

好心眼儿巨人放下他的铅笔，把一只大耳朵靠到瓶子上。他聚精会神地听了大约三十秒钟。"对，"他严肃地摆动着大脑袋说，"这个梦做下去非常好。它有一个非常美满的结局。"

"结局是怎么样的？"索菲说，"请你告诉我好吗？"

"你会在梦里看见，"好心眼儿巨人说，"你从河中救了老师的第二天早晨到学校，全校五百名学生坐在大礼堂里，还有全校的老师。校长站起来说：'我要全校为索菲三呼万岁，因为她是这样勇敢，救了我们优秀的数学老师菲金斯先生的性命。他不幸被我们的体育老师阿米莉亚·沈气霍仙小姐从桥上推下了河。因此，我们为索菲三呼万岁吧！'全校师生于是发疯似的高呼万岁，呼得真棒。而且从此以后，尽管你的加法一塌糊涂，菲金斯先生总是给你满分，并且在你的练习本上批上'索菲成绩优良'。这时候你醒来了。"

"我喜欢这个梦。"索菲说。

"你当然喜欢，"好心眼儿巨人说，"这是一个'仙境游'。"他舔舔标签纸背面，把它贴在瓶子上。"我在标签上常常写得比这多一些，"他说，"不过你这么盯住我看，这让我很紧张。"

"那么我走开，坐到别的地方去吧。"索菲说。

"不要走开，"他说，"你往这只瓶子里仔细看看，我想你会看到这个梦的。"

于是索菲朝这只瓶子里看，一点儿不假，她看到了一种东西半透明的淡淡轮廓，大小跟一枚鸡蛋差不多。上面只有一抹颜色，淡蓝绿色，柔和，闪亮，非常美丽。它躺在那里，这个椭圆形果冻似的蓝绿色小东西，十分安静，它慢慢地搏动着，轻微地一收一放，像是在呼吸。

"它在动！"索菲叫道，"它是活的！"

"它当然是活的。"

"你喂它什么呢？"索菲问道。

"它用不着食物。"好心眼儿巨人告诉她。

"那太残酷了。"索菲说，"所有活的东西都需要某一种食物，甚至树木花草都需要。"

"北风是活的，"好心眼儿巨人说，"它在动。它抚摸你的脸，抚摸你的手，可没有人给它东西吃。"

索菲回答不上来。这个不同寻常的巨人在搅乱她的思路，他似乎在把她引到不是她所能理解的神秘世界里去。

"梦不需要任何东西,"好心眼儿巨人说下去,"如果它是个好梦,它总是安安静静地等着,直到把它释放出来,让它去完成任务。如果它是个噩梦,它总是挣扎着要出来。"

好心眼儿巨人站起来,走到一个架子前面,把这最新的瓶子放到许多瓶子中间去。

"对不起,我可以看看别的梦吗?"索菲问他。

好心眼儿巨人犹豫了一下。"以前从来没有人看过,"他说,"不过我也许还是可以让你看一下。"他把她从桌子上抓起来,让她站到他巨大的手掌上。他带她到架子前面,"这里是一些好的梦,"他说,"是些'仙境游'。"

"你可以把我靠得近一些,让我读出标签上的字来吗?"索菲问。

"那些标签上只有三言两语,"好心眼儿巨人说,"梦通常要长得多。标签只是用来提醒我的。"

索菲开始读标签。第一张对她来说好像够长了。标签绕过整只瓶子,她读的时候得一直转动瓶子。标签上是这么说的:

今天我坐在教室里，发现我如果用一种特殊的方式死死盯住老师看，我能够让她睡觉，于是我一直这样盯住她看。最后她的头落到写字台上，她睡着了，很响地打起呼噜来。这时候校长大踏步进来，大叫："快醒醒，普拉姆里奇小姐！你怎么能在教室里睡觉！去拿你的帽子和大衣吧，离开学校就再也不要回来了！你被开除啦！"可是我一下子让校长也睡着了，他像一块啫喱那样软绵绵地慢慢躺到地板上，躺在那里像一堆肉，打呼噜的声音甚至比普拉姆里奇小姐的还要响。就在这时候，我听见了我妈妈的声音说："醒醒，你的早饭已经好了。"

"一个多么好玩的梦！"索菲说。

"这是一个'摇铃铛'。"好心眼儿巨人说，"这是个好玩的梦。"

在瓶子里，就在标签下面，索菲看得见这让人睡着的梦安静地待在瓶底，缓缓地跳动着脉搏，跟另一个梦同是蓝绿色的，不过这个也许大一些。

"你给男生和女生的梦不相同吧？"索菲问道。

"当然，"好心眼儿巨人说，"如果我把给女生的梦给了男生，哪怕是个真正好的女生的梦，男生醒过来会想：那个梦太次了，全是假的，老掉牙，没劲！"

"男生们是会这样说的。"索菲说。

"这个架子上全是女生的梦。"好心眼儿巨人说。

"我能读一个男生的梦吗？"

"可以。"好心眼儿巨人说着，把她托到一层高一点儿的架子前面。最近的一个男生的梦，瓶子上是这样写的：

我给自己做了一双有吸力的了不起靴子。一把它们穿上，我就能够在厨房的墙上和天花板上直着身子走。好，正当我倒过头来走在天花板上的时候，我的姐姐进来了。她开始冲我大叫。她总是这样冲着我大喊大叫的，问我干吗在天花板上走。我低头看她，笑着说："我告诉你吧，你逼我上墙，现在你做到了。"

"我觉得这个梦挺傻的。"索菲说。

"男生可不这么想。"好心眼儿巨人咧开嘴笑着说，"这是另一个'摇铃铛'。也许你现在已经看够了。"

"让我再来读一个男生的梦。"索菲说。

另一张标签上写道：

我家电话铃响了，我爸爸拿起电话，用他通常对电话说话的那种煞有介事的声音说："我是辛普金斯。"接着他的脸发白，声音变得滑稽极了，说："什么！你是谁？"接着他说："是，您哪，我明白，您哪，不过您真要找的是我，您哪，而不是我的小儿子吧？"我爸爸的脸一下子从白变成深紫色，大大咽了一口口水，像是有一只牡蛎堵住了他的喉咙似的。最后他说："是，您哪，很好，您哪，我去叫他，您哪。"接着他向我转过身来，用恭恭敬敬的声音说："你认识美国总统？"我说："不，不过我希望他听说过我。"接着我在电话里讲了半天，说诸如此类的话："让我照顾它吧，总统先生。如果你照你的办法做，你会搞糟的。"我爸爸的眼睛都瞪得蹦出了他的脑袋。而就在这个时候，我听见我爸爸的真正声音说："起床，你这懒骨头，再不起来，你上学就要迟到了！"

"男生都那么疯狂，"索菲说，"让我再读这一个。"索菲开始读接下来的一张标签：

我洗澡时发现，只要我用力按紧肚脐眼，我浑身会有一种很好玩的感觉：我的腿忽然没有了，我的胳膊也没有了。事实上，我整个人完全隐身不见了。我人还在那里，可没有人能看见我，连我自己也看不见自己。于是我的妈妈走进浴室，说："那小家伙哪儿去了！刚才他还在浴缸里，不可能真把他自己洗掉的！"于是我说："我在这里。"她说："哪里？"我说："这里。"她说："哪里？"我说："这里！"她大叫起来："亨利！快来！"我爸爸冲进来，这时候我正洗着身子，我爸爸只看到肥皂在空气里飘来飘去，可当然看不见我。他大叫道："你在哪里，孩子？"我说："我在这里。"他说："哪里？"我说："这里。"他说："哪里？"我说："这里！"他说："那肥皂，孩子！那肥皂！它在半空里飞！"这时候我又按按我的肚脐眼，于是我能被看得见了。我爸爸激动得像喝醉了似的，他说："你是个隐身人！"我说："现在我去找点乐子。"我走出浴缸，

擦干身体，穿上睡袍和拖鞋。我又按按肚脐眼，整个人
又都不见了，我下楼到外面去，走在街上。当然，看不见的
只是我这个人，不是我穿的东西。因此，路人看见一件睡袍
和一双拖鞋没有人穿着，一路上飘飘荡荡，一下子恐慌起
来，大叫："有鬼！有鬼！"左边人也尖叫，右边人也尖叫，

那些身强力壮的大个子警察们拼命地跑来，跑得命也不要
了。我看见我的代数老师格拉米特先生正从酒馆里出来，
我向他飘过去说："呼！"他一声惊叫，逃回酒馆。这时候
我一路向前走，高兴得像条乌贼。

　　"真是荒唐！"索菲说。不过她还是忍不住把手伸下去

按按自己的肚脐眼，看有没有用。什么都没有发生。

"梦是很神秘的东西。"好心眼儿巨人说，"人豆子根本不懂得梦，连最有头脑的教授也不懂得它们。你看够了吗？"

"就看这最后一个，"索菲说，"这一个。"

她开始读：

我写了一本书，它太刺激了，谁看到都放不下来。你只要读第一行就会被吸引住，非看到最后一页不可。在所

有的城市里，走路的人你撞我我撞你，就因为他们的头都埋在我这本书里。牙科医生一边读一边给病人补牙，病人也无所谓，因为他们在牙科医生的椅子上也在读。司机一边读一边开车，汽车在乡下撞得翻了个身。脑外科医生一边读一边做脑袋的开刀手术。飞机驾驶员一边读一边开飞机，结果飞机不是飞到伦敦而是飞到了马里的廷巴克图。足球队员在足球场上一边读一边踢球，因为他们放不下书。奥林匹克赛跑运动员也这么一边读一边跑。人人都想知道在我的书里接下来怎么样。等到我醒来，我依旧满心兴奋，我成为世界上有史以来最伟大的作家，直到我妈妈进来说："我昨天晚上看了你的练习簿，你的拼写实在糟透了，标点符号也一塌糊涂。"

"暂时看到这里为止吧。"好心眼儿巨人说，"还有千万个梦，可是一直托着你，我的胳膊都酸了。"

"那边的又是些什么梦呢？"索菲说，"为什么它们的标签那么小？"

"那是因为，"好心眼儿巨人说，"有一天我捉到的梦太多，没有时间也没有精力写长的标签。不过这样写两句也就能提醒我了。"

"我可以看看吗？"索菲问道。

托着她的好心眼儿巨人只好带她到那些瓶子前面。索菲一张张标签很快地读过去：

我攀登埃佛勒斯峰①，只带着我的猫。

我发明一种汽车，发动它不用汽油，而用牙膏。

---

① 即珠穆朗玛峰。

我想要电灯开它就开，想要电灯关它就关。

我虽然只是个八岁男孩，却长着一把漂亮的大胡子，其他男孩见了没有不眼红的。

我能跳出任何高窗子而轻飘飘地安全落地。

我有一只宠物蜜蜂，它飞的时候能奏出摇滚音乐。

"我觉得惊奇的，" 索菲说，"首先是你怎么学会写字的。"

"啊，"好心眼儿巨人说，"我正在想，你要到什么时候才问我这个问题呢。"

"你从来没有进过学校，我想，你能写字真是十分了不起的事情。"索菲说，"你是怎样学会的呢？"

好心眼儿巨人走过山洞，打开墙上的一扇秘密小门。他拿出一本书，一本很旧很破的书。从人的标准来说，这是一本普通大小的书，可在他那只巨手里，它看上去只有邮票那么大。

"有一天夜里，"他说，"我正把梦吹进一个窗口，看见这本书放在一个小男孩卧室的桌子上。你明白，我极其想要它，可是我不肯偷，我永远不做这种事。"

"那你是怎样把它弄到手的呢？"索菲问道。

"我把它借回来，"好心眼儿巨人笑了笑说，"我只借很短的时间。"

"那你借了多久啦？"索菲问道。

"大概八年吧。"好心眼儿巨人说，"很快我就要还回去了。"

"你就是这样自学写字的吗？"索菲问他。

"我把它读了几百遍。"好心眼儿巨人说，"我现在还在读，自学新的字，把它们写出来。这是个最了不起的故事。"

索菲从他手里把书拿起来。"《尼古拉斯·尼可贝》①。"她读出声来。

---

① 这是英国作家查尔斯·狄更斯写的小说。

"是炒肉丝·炒肝丝写的。"好心眼儿巨人说。

"是谁写的？"索菲问。

就在这时候，山洞外面传来响得吓人的脚步声。"什么事？"索菲问。

"是那些巨人赶着到别的国家吃人豆子去了。"好心眼儿巨人说。他赶紧把索菲放进他的背心口袋，到山洞口把那块大石头滚到一边。

索菲从她的窥视孔朝外看，看到九个可怕的巨人飞快地在外面跑过。

"你们今天夜里上哪儿去啊？"好心眼儿巨人大声问。

"我们今天夜里全去英国。"巨人们跑过时，吃人肉块巨人回答说，"英国是个好地方，我们想吃几个英国小娃娃人豆子。"

"我，"啃姑娘巨人叫道，"知道有个女孩叽喳屋，我要去大吃一顿，吃得饱饱的，像个喝饱啤酒的人！"

"我知道有个男孩百音盒！"大吃特吃内脏巨人叫道，"我只要伸出手去就可以抓到一大把！英国男孩的味道特别叫人流口水！"

一转眼的工夫，那九个巨人就跑得没影了。

"他这话是什么意思？"索菲把头伸出口袋说，"女孩叽喳屋是什么？"

"他说的就是女童学校。"好心眼儿巨人说，"他要一把一把地吃。"

"噢，不！"索菲叫道。

"还要到男童学校吃。"好心眼儿巨人说。

"绝不可以让这样的事发生！"索菲叫起来，"我们得阻止他们！我们不能只是坐在这里一点儿事情也不做！"

"我们什么事也做不成，"好心眼儿巨人说，"我们像废话一样没用处。"他坐在山洞口附近一块蓝色的毛糙大石头上。他把索菲从口袋里拿出来，放在这块石头上。"在他们回来之前，你在外面十分安全。"他说。

太阳已经落到地平线下，天黑下来了。

大 计 划

"我们无论如何都要阻止他们!"索菲叫道,"快把我放回口袋里去!我们去追他们,并且向英国所有的人发出警告,说他们来了。"

"没办法,而且绝不可能,"好心眼儿巨人说,"他们跑起来比我快一倍,我们还在半路上,他们已经吃好了。"

"可我们不能就这样坐在这里什么也不做!"索菲叫道,"今天晚上他们要吃多少女孩男孩?"

"许多。"好心眼儿巨人说,"光一个吃人肉块巨人就有不得了的好胃口。"

"他在他们睡觉的时候把他们从床上抓起来吗?"

"像从豆荚里剥出豆子。"好心眼儿巨人说。

"这件事我想想就受不了!"索菲叫道。

"那就别去想。"好心眼儿巨人说,"多少年来,一夜又一夜,他们跑掉以后,我就坐在这块大石头上,为所有他们要去吃的人豆子感到难过。可是我只好习惯下来。我一点儿办法也没有。如果我不是一个仅仅二十四英尺高的小不点儿巨人，我就会去阻止他们。可是我太矮小了，一点儿办法也没有，谈也不要谈。"

"你总是知道他们去什么地方吗？"索菲问道。

"总是知道。"好心眼儿巨人说，"每天晚上他们跑过的时候总对我大喊大叫。有时候他们叫道：'我们去密西斯西比和密斯苏里①吃她们两个！'"

"真恶心！"索菲说，"我恨他们。"

索菲和好心眼儿巨人就这样在越来越浓的暮色中静静地并排坐着。索菲还从来没有像现在这样感到绝望。过了一会儿，她站起来叫道："我受不了！想想那些再过几个钟头就要给活活吃掉的可怜女孩和男孩吧！我们不能就这样坐在这里什么事也不做！我们得去阻止那些野兽！"

"不行。"好心眼儿巨人说。

"我们必须去！"索菲叫道，"你为什么不去？"

好心眼儿巨人叹了口气，坚决地摇头。"我跟你说过五

① 密西西比和密苏里是美国的两个州。在英文里"密西斯"是"太太"，"密斯"是"小姐"，巨人们这样念，就成"西比太太"和"苏里小姐"了。

六次了，"他说，"这是最后一次：我永远不要在人豆子面前露脸。"

"为什么？"

"我一露脸，他们就会把我捉起来关进动物园，和所有的长颈鹿、毛虫关在一起。"

"胡说八道。"索菲说。

"他们还会直接把你送回孤儿院。"好心眼儿巨人说下去，"大人豆子并不以他们的善良著称。他们全都蛮不讲理，且一无所知、叽叽喳喳……"

"完全不是这么回事！"索菲很生气地叫道，"他们当中有一些确确实实非常善良！"

"谁？"好心眼儿巨人说，"你就说出一个。"

"英国女王，"索菲说，"你不能说她蛮不讲理。"

"这个……"好心眼儿巨人说。

"你也不能说她是一无所知，叽叽喳喳。"索菲说。她越来越生气了。

"吃人肉块巨人恨不得吃掉她。"好心眼儿巨人说。这会儿他带点笑容了。

"谁，女王？"索菲恐怖地大叫。

"对，"好心眼儿巨人回答说，"吃人肉块巨人一直说，他从来没有吃过一个女王，他认为女王也许有一种特别了不起的味道。"

"他好大的胆子！"索菲叫道。

"可是吃人肉块巨人说，她的王宫周围卫兵太多，他没

有尝试过进去。"

"他还是别去的好!"索菲说。

"他还说,他很想吃一个穿红色漂亮军装的卫兵,只是他们戴的毛茸茸的黑色大高帽让他担心。他怕它们会堵在他的喉咙里。"

"我希望他会被噎死。"索菲说。

"吃人肉块巨人是个小心谨慎的巨人。"好心眼儿巨人说。

索菲沉默了半晌,接着忽然之间,她兴奋地叫起来:"我有办法了!天哪,我想出办法来了!"

"想出什么办法来了?"好心眼儿巨人问道。

"答案!"索菲叫道,"我们上女王那儿去!这是一个可怕的主意!如果我去告诉女王,说有这么些叫人憎恨的吃人巨人,我敢肯定她会采取措施!"

好心眼儿巨人低头难过地看着她,摇摇头。"她永远不会相信你的话,"他说,"一年三百六十五天都不会相信。"

"我想她会相信的。"

"永远不会。"好心眼儿巨人说,"它听上去是那么长的一个故事，女王只会哈哈大笑，说一声：'这是什么乱七八糟的！'"

"她不会！"

"她当然会。"好心眼儿巨人说，"我早先已经跟你说过，人豆子就是不相信有巨人。"

"那么我们就得想出办法让她相信。"索菲说。

"再说你怎么进去见到女王呢？"好心眼儿巨人问道。

"现在等一等，"索菲说，"你先等一等，因为我又有了另一个主意。"

"你的主意充满了填字游戏的味道。"好心眼儿巨人说。

"这一个不是。"索菲说，"你说，如果我们告诉女王，她永远不会相信我们的话？"

"我保证她不会相信。"好心眼儿巨人说。

"可我们不去告诉她！"索菲兴奋地说，"我们不用告诉她！我们让她做梦看见它！"

"这个主意更加离谱了。"好心眼儿巨人说，"做梦很好玩，可没人相信梦。你只在真正做梦的时候才相信梦里的事，醒过来你就会说：'谢谢老天爷，这只是一个梦。'"

"这一点你不用担心，"索菲说，"我有办法。"

"你永远没有办法。"好心眼儿巨人说。

"我有！我发誓我有！可是首先让我问你一个至关重要的问题。问题是这样：你能让人做随便什么梦，世界上任何事情都能梦见吗？"

"你想得出的事情都能梦见。"好心眼儿巨人自豪地说。

"如果我说，我要做一个梦，梦见我在一个带银翅膀的会飞的浴缸里，你能让我做出这个梦吗？"

"我能。"好心眼儿巨人说。

"可你怎么能做到呢？"索菲说，"你收藏的梦里显然没有这样一个梦。"

"我是没有，"好心眼儿巨人说，"可我能很快把它配制出来。"

"你怎么能把它配制出来呢？"

"这跟配制蛋糕有点相似。"好心眼儿巨人说，"如果你把各种不同的材料数量准确地调配在一起，你就能做出你要做的各种各样的蛋糕：糖帽蛋糕、松蛋糕、加仑子蛋糕、圣诞蛋糕……配制梦也一样。"

"说下去。"索菲说。

"在我的架子上有千千万万个梦,对不对?"

"对。"索菲说。

"我有关于浴缸的梦,多的是。我有关于银翅膀的梦。我有关于飞翔的梦。因此,我要做的只是用正确的方式把这些梦调配在一起,我很快就能配制出一个梦。在这梦里,你坐在一个带银翅膀的浴缸里飞。"

"我明白你的意思了。"索菲说,"我还不知道你能把一个梦和另一个梦调配起来。"

"梦喜欢给调配起来,"好心眼儿巨人回答说,"它们在那些玻璃瓶里独自待着十分孤单寂寞。"

"对。"索菲说,"那好,你有关于英国女王的梦吗?"

"多的是。"好心眼儿巨人说。

"有关于巨人的梦吗?"

"那还用说。"好心眼儿巨人说。

"有关于巨人吃人的梦吗?"

"这种梦太多了。"好心眼儿巨人说。

"关于像我这样的小女孩的梦呢?"

"这种梦是最普通的。" 好心眼儿巨人说，"关于小女孩，我有无数瓶无数瓶的梦。"

"那么你可以把这些梦就照我需要的调配起来？"索菲问道。她越来越起劲儿了。

"当然。"好心眼儿巨人说，"不过这帮得了你什么忙呢？我想你是找错目标了。"

"现在等一下，"索菲说，"仔细听好。我要你配制一个梦，这个梦你需要在英国女王睡着的时候吹进她的卧室里去。这就是它的用处。"

"现在等一等，"好心眼儿巨人说，"我怎么能靠近英国女王的卧室，然后把我的梦吹进去呢？你是在说梦话。"

"这一点我以后再跟你说，"索菲说道，"现在请你仔细听好，我要你配制的是这样一个梦。你仔细听好了吗？"

"听好了。"好心眼儿巨人说。

"我要女王梦见九个叫人恶心的巨人，每一个大概五十英尺高，他们正连夜朝英国跑。她还一定要在梦里知道他们的名字。他们的名字叫什么来着？"

"吃人肉块巨人，"好心眼儿巨人说，"抱汉包巨人、嘎吱嘎吱嚼骨头巨人、嚼孩子巨人、肉油滴滴答巨人、大吃特吃内脏巨人、啃姑娘巨人、喝血巨人，还有屠宰巨人。"

"让她在梦里知道这些名字，"索菲说，"让她梦见他们在巫师出没时刻溜进英国，把小男孩小女孩从他们的床上抓走。让她梦见他们来到卧室窗口，把小男孩小女孩从床上抓出来，然后……"索菲停下，"他们当场吃还是先抓走？"她问道。

"他们通常把他们直接扔到嘴巴里，像吃爆玉米花那样。"好心眼儿巨人说。

"把这放到梦里。"索菲说，"然后……然后这梦必须说他们的肚子吃饱了，胀鼓鼓的，他们跑回巨人国来，在这里没有人能找到他们。"

"这就完了？"好心眼儿巨人说。

"当然不是。"索菲说，"接下来必须在女王的梦里向她解释，有这么一位好心眼儿巨人，他能够告诉她所有这些凶恶的吃人巨人都住在什么地方，这样她就能派军队捉住他们。现在，她的梦还要有最后一件非常重要的事情。让她的梦里出现一个叫索菲的小女孩，坐在她的窗台上，告诉

她这好心眼儿巨人藏在什么地方。"

"他藏在什么地方呢？"好心眼儿巨人问道。

"这一点我们以后再考虑。"索菲说，"那么女王梦见了她的梦，对吗？"

"对。"好心眼儿巨人说。

"接着她醒来，第一件事想到的便是：'噢，多么恐怖的一个梦啊！我很高兴那只是一个梦。'接着她从她的枕头上把头抬起来，她看到了什么！"

"她看到了什么？"好心眼儿巨人问道。

"她看到了一个叫索菲的小女孩坐在她的窗台上，在真实的生活里，就在她的眼前。"

"我倒想问一句，你怎么能坐在女王的窗台上呢？"好心眼儿巨人说。

"是你把我放到那里去的啊！"索菲说，"这是最美丽的一部分。如果有人梦见一个小女孩坐在她的窗台上，接着醒来看见那小女孩真的坐在那里，这就是梦想成真了对不对？"

"我现在才开始明白你最后的意思，"好心眼儿巨人说，

"如果女王知道她那个梦里这一部分是真的，她也许会相信梦的其他部分也是真的。"

"基本上是这样。"索菲说，"可是我还得亲自说服她相信这个梦里的事。"

"你说过，你要这梦里有一个好心眼儿巨人，他也要和女王谈谈吗？"

"绝对需要，"索菲说，"你必须和女王谈谈。只有你能够告诉她到哪里去找到其他的巨人。"

"我怎么能见到女王呢？"好心眼儿巨人问道，"我不想让她的那些卫兵开枪把我打死。"

"卫兵只守在王宫前面，"索菲说，"后面有一个大御花园，那里根本没有卫兵。整个御花园有非常高的围墙围住，围墙顶上还有铁刺不让人爬过来。不过你只要一步就可以跨过它了。"

"女王的王宫的这一切你是怎么知道的？"好心眼儿巨人问道。

"去年我在另一个孤儿院，"索菲说，"它在伦敦，我们经常在那一带散步。"

"你会帮我找到这座王宫吗？"好心眼儿巨人问道，"我一辈子从来不敢上伦敦去捉迷藏。"

"我会给你带路。"索菲有把握地说。

"我害怕伦敦。"好心眼儿巨人说。

"不用害怕，"索菲说，"那里有许多很黑的小路，在巫师出没时刻里没什么人。"

好心眼儿巨人用食指、中指和大拇指把索菲夹起来，轻轻地放在另一只手的掌心上。"女王的王宫很大吗？"他问道。

"很大。"索菲说。

"那么，我们怎么能正好找到那个卧室呢？"

"那就看你的了，"索菲说，"对这种事你应该是内行老手。"

"你百分之百肯定那女王不会把我关进动物园和毛虫在一起吗？"

"她当然不会。"索菲说，"你是个英雄。而且你永远不用再吃那难吃的大鼻子瓜了。"

索菲看到好心眼儿巨人的眼睛睁大了。他舔了舔嘴唇。

"你说话算数？"他说，"你真的说话算数？我不用再吃那倒胃口的大鼻子瓜了？"

"你想吃都找不到一根，"索菲说，"人不种这种东西。"

这话起作用了。好心眼儿巨人站起来。"你要我什么时候开始配制这种特别的梦？"他问道。

"现在，"索菲说，"马上。"

"我们什么时候去见女王？"他说。

"今夜，"索菲说，"只等你把梦配制好。"

"今夜？"好心眼儿巨人叫道，"为什么这样十万火

急？"

"如果我们不能救出今夜的孩子，我们至少能救出明夜的。"索菲说，"而且我饿坏了。已经二十四小时了，我还没有吃过一点儿东西呢。"

"那我们还是马上动手吧。"好心眼儿巨人说着走回山洞。

索菲亲亲他的大拇指尖尖。"我知道你会去的！"她说，"来吧！我们赶紧开始吧！"

配 制 梦

天现在黑了。夜已经开始了。好心眼儿巨人托着坐在他手掌上的索菲，急急忙忙走进山洞，点亮那些耀花眼睛的光，它们像是凭空出现的。他把索菲放在桌子上。

"请待在这里别动，"他说，"并且不要喊喊喳喳。配制这样错综复杂的梦，我的两只耳朵需要绝对安静。"

他急急忙忙地离开了，他走过去拿下来一只巨大的空玻璃瓶，有洗衣机大小。他把它抱在胸前，又急急忙忙地向放着千万个梦的较小玻璃瓶的一排排架子走去。

"关于巨人的梦，"他找标签的时候口中念念有词，"巨人在吃人豆子……不，不是那个……也不是那个……这里有一个……这里又有一个……"他拿起那些瓶子，旋开瓶盖，把那些梦倒进他抱住的巨大瓶子。每一个梦倒进去的时候，索菲都看到蓝绿色的一小团东西，从一只瓶子翻了个身，落到另一只瓶子里。

好心眼儿巨人又急急忙忙地走到另一排架子那儿。

"好,"他嘟嘟囔囔地说,"我要一些梦,关于女孩的叽喳屋的……关于男孩的百音盒的。"现在的他变得十分聚精会神。当他在心爱的瓶子间急急忙忙来回走动的时候,索菲几乎可以看到他的心兴奋得扑通扑通跳。在那一排一排架子上准有五万个梦,可是他似乎清楚哪一个梦在哪一个地方。"关于一个小女孩的梦，"他嘟囔着，"关于我的梦……关于好心眼儿巨人的梦……来吧，来吧，快点，快点……我把它们放到哪里去了？"

他就这么找下去。大约半个小时，好心眼儿巨人终于把他要的所有的梦都找到了，全倒进了那只大瓶子里。他把这巨大的瓶子放在桌子上。在这巨大的瓶子里，在瓶底那儿，索菲可以清楚地看到大约五十个椭圆形的果冻似的蓝绿色东西，全都轻轻地一收一放地在搏动着，有一些躺在另一些的上面，但每一个都是完全独立的梦。

"现在我们要把它们配制起来。"好心眼儿巨人说。他走到放着一瓶瓶下气可乐的食品柜前，从里面拿出一个巨大的打蛋器，就是上面有摇柄、下面有许多互相搭接会旋转的刀片的那一种。他把打蛋器的底部放进装着梦的巨大瓶子里。"看着。"他说。他开始很快地转动摇柄。

瓶子里闪起了绿光和蓝光。那些梦被搅打成了青色的泡沫。

"那些可怜的东西！"索菲叫道。

"它们可不觉得。"好心眼儿巨人一边摇动摇柄一边说，

"梦不像人豆子或者动物，它们没有脑筋。它们是由孢子构成的。"

过了一会儿，好心眼儿巨人停止了搅打。整只瓶子现在满是大泡泡，一直满到瓶口。它们就像我们吹的肥皂泡，只是更亮，泡泡上闪动的颜色也更加好看。

"看好了。"好心眼儿巨人说。

最上面的一个泡泡很慢很慢地飘起来，通过瓶颈飘出来。第二个泡泡跟着，接着是第三个和第四个。很快，山洞里就飘满了几百个五彩缤纷的泡泡，全都在空气中轻轻

154

地飘着，真是蔚为大观。索菲眼看着它们全都飘向山洞口，山洞口仍旧敞开着。

"它们出去了。"索菲悄悄地说。

"当然。"好心眼儿巨人说。

"去哪里呢？"

"这些都是我用不着的下脚梦，"好心眼儿巨人说，"它们回到那迷蒙的梦乡去和真正的梦汇合在一起。"

"我有点弄不懂。"索菲说。

"梦这玩意儿神秘莫测，充满魔幻，"好心眼儿巨人说，"你别想了解它们。还是看那大瓶子吧，现在你将看到你要女王做的那个梦了。"

索菲转过头来看那巨大的瓶子。瓶底有样东西在发疯似的向四面冲撞，跳上跳下，撞击瓶壁。"天哪！"她叫道，"这就是它吗？"

"这就是它。"好心眼儿巨人得意地说。"可是它……它很可怕！"索菲叫道，"它在跳来跳去！它要出来！"

"那因为它是个'进旋涡'。"好心眼儿巨人说，"它是个噩梦。"

"噢，我可不要你给女王一个噩梦！"索菲叫道。

"如果她梦见巨人吃小男孩小女孩，那么，这不是噩梦又是什么梦呢？"好心眼儿巨人说。

"噢，不要这样！"索菲叫道。

"噢，是要这样。"好心眼儿巨人说，"看到小孩子被吃掉的梦，是你能看到的最可怕的'进旋涡'噩梦，是要命的'陷泥沼'噩梦，是恐怖的'下地狱'噩梦。如今这一个是所有这些噩梦合起来的大噩梦。它和我今天下午吹到吃人肉块巨人脑袋瓜里去的那个梦一样可恶甚至更可恶。"

索菲低头看着这个噩梦一直在巨大的玻璃瓶里又扭又撞。它比其他的梦要大得多。它的大小和形状像枚火鸡蛋。它是一团果冻似的东西，里面是亮紫色。它碰撞瓶壁的样子真让人胆战心惊。

"我不愿意给女王一个噩梦。"索菲说。

"我在想，"好心眼儿巨人说，"你们的女王将会很高兴看到一个噩梦，如果这个噩梦能够挽救许许多多人豆子，让他们不被邪恶的巨人吃掉。我说得对不对？"

"我想你的话是对的，"索菲说，"只好这么办了。"

"她很快就会没事的。"好心眼儿巨人说。

"你把所有重要的东西都放进去了吗？"索菲问道。

"等到我把这梦吹进女王的卧室，"好心眼儿巨人说，"她将梦见你要她梦见的每一个零碎细小的东西。"

"梦见我坐在窗台上吗？"

"这一段十分重要。"

"梦见好心眼儿巨人吗？"

"关于它我用了很好很长的一大段。"好心眼儿巨人说。他一边说一边拿起一只小瓶子，很快地把那挣扎撞打的"进旋涡"从大瓶子倒进了小瓶子，立刻把小瓶子的盖旋得紧紧的。

"好了，"他说，"我们现在已经准备停当。"他拿来手提箱，把瓶子放进去。

　　"一共只有一只瓶子，你干吗要带那么大一只手提箱呢？"索菲说，"你完全可以把瓶子放在你的衣服口袋里呀。"

　　好心眼儿巨人低头冲她微笑，"没错，"他说着把那瓶子从手提箱里拿出来，"你的脑袋瓜到底还不是只充满了脏鼻涕虫！我看得出你不是上个礼拜才生下来的。"

　　"谢谢，好心眼儿的先生。"索菲在桌子上行了个小小的屈膝礼。

　　"你准备好了吗？"好心眼儿巨人说。

　　"我准备好了！"索菲叫道。想到他们这就要去干什么，她的心开始怦怦跳。这真是一件发疯的事。也许他们会双双被投到监狱里。

　　好心眼儿巨人穿上他那件黑色大氅。

　　他把瓶子塞进大氅的口袋里。他捡起那把长小号似的吹梦管，接着转过身来看着还在桌子上的索菲，"梦瓶已经在我的口袋里，"他说，"一路上你和它一起坐在那里吗？"

　　"不干！"索菲叫道，"我可不要坐在那可怕的东西旁边！"

"那么你坐到什么地方去呢？"好心眼儿巨人问她。

索菲把他全身打量了一下，接着说："如果你行行好，把你的一只可爱的大耳朵转过来，像只大碟子那样平放着，就可以给我一个很舒服的地方了。"

"天哪，这是一个绝妙的主意！"好心眼儿巨人说。

他慢慢地转动一只大耳朵，直到它像只贝壳对着天上。他把索菲抓起来放到里面。这耳朵有一只大茶杯托盘那么大，跟人耳朵一样有许多褶子，坐在里面舒服极了。

"我希望不要跌到你的耳孔里面去。"索菲说着离那个就在旁边的大洞远一些。

"倒是要十分小心别跌下去，"好心眼儿巨人说，"你会弄得我耳朵疼得哇哇叫的。"

在那里有一个好处，就是她可以直接对着他的耳朵说悄悄话。

"你弄得我的耳朵有点痒，"好心眼儿巨人说，"请你不要动。"

"我尽量不动。"索菲说，"准备好了吗？"

"哎哟哟！"好心眼儿巨人大叫，"别这样做好不好？"

"可我什么也没有做啊！"索菲说。

"你说话太响了！你忘了，我现在听到你每一个叽叽喳喳的细小声音都比平时响五十倍，请你不要在我的耳朵里面哇哇大叫！"

"噢，天哪，"索菲喃喃着，"我把这件事忘了。"

"你的声音像是打雷和吹喇叭！"

"我很抱歉。"索菲悄悄地说，"这样好一点儿了吗？"

"不！"好心眼儿巨人叫道，"这声音听起来还是像开大炮！"

"那我怎么对你说话呢？"索菲悄悄地说。

"不要说！"可怜的好心眼儿巨人叫道，"请不要说！你说每一个字就像在我的耳孔里扔进一个嗡嗡弹！"

索菲尝试尽量压低嗓子说话。"这样好些吗？"她说。她话轻得连自己也听不到了。

"这样好一些，"好心眼儿巨人说，"现在我听着很好。你刚才对我说什么？"

"我刚才说我准备好了。"

"我们这就走！"好心眼儿巨人大叫一声，向山洞口走去，"我们这就去见女王陛下！"

一出山洞，他把那块巨大的圆石头滚回山洞口，然后飞快地上路了。

去 伦 敦

当好心眼儿巨人飞也似的奔跑时，黄色的荒原在月光下十分阴暗，像混浊的牛奶的颜色。

索菲仍旧只穿着她那件睡袍，在好心眼儿巨人耳朵的一道缝里舒舒服服地斜躺着。说准确点，她是在耳朵的外沿靠近耳朵尖的地方。耳朵边在那里卷起来，正好给她当屋顶，也给她挡住了呼呼吹来的风。她直接躺在皮肤上，又柔软又暖和，简直像躺在天鹅绒上面。索菲心里说："没有人出去旅行能比这更舒服的了。"

索菲从耳朵边朝外看去，巨人国荒凉的景色呼呼而过。他们跑得实在是快。好心眼儿巨人在地上蹦跳着跑，就像他脚趾上有火箭似的，每一步跳起来足有一百英尺高。可他还没用上最快的速度，到他用上最快速度时，大地上的景物就要一片模糊了，大风咆哮，他脚不沾地，只在空气中飘着走。

索菲已经好长时间没睡觉了，她感觉非常累。巨人耳朵里又温暖又舒服，她很快睡着了。

她不知道已经睡了多久，等到重新醒来，从耳朵边看出去，外面的景色完全变了。他们这时候是在绿色的乡间，看得见高山和森林。天还黑着，但是月亮跟往常一样亮。

忽然之间，好心眼儿巨人猛转过他的头。在整个路程中，他还是第一次开口说话。"快快瞧那边。"他用他的"长小号"指着说。

索菲朝他指点的方向看去。在黑暗中，她只看到大约三百码远的地方灰尘滚滚。

"那些巨人，他们吃饱了正往家里跑呢。"好心眼儿巨人说。

索菲看到了他们。在月光下，她看到了九个半裸的巨大野兽，一块儿轰隆隆地从前面跑过。他们成群地跑，脖子向前直伸，双臂在手肘处弯曲，最可怕的是他们的肚子都鼓了出来。他们的步子叫人真不敢相信。他们的速度叫人真不敢相信。他们的脚在地面上踏得像打雷一样响，在身后留下滚滚的灰尘。不到十秒钟，他们就不见了。

"许多小女孩小男孩今天夜里不再睡在他们的床上了。"好心眼儿巨人说。

索菲觉得直想吐。

这悲惨的相遇使她更加坚定了决心,一定要完成她的使命。

等到好心眼儿巨人开始放慢脚步,一定是在一个小时以后了。"我们现在已经在英国了。"他忽然说。

尽管黑,索菲还是能够看到,他们是在乡下绿色的田野上,一块块田地之间有整齐的树篱。这里有长满树木的小山,偶尔有路,路上有移动的汽车灯光。每次来到一条路那里,好心眼儿巨人就跨过它跑掉,开汽车的除了看见一个黑影在头上很快地闪过以外,看不到什么。

忽然之间,他们前面的夜空中出现了一道橙黄色的奇怪闪光。

"我们靠近伦敦了。"好心眼儿巨人说。

他放慢脚步,改成小跑。他开始小心地向四下张望。

四面八方开始出现一片一片的房子,但是它们的窗子依旧没有灯光。现在起床还太早了。

"一定会有人看见我们。"索菲说。

"不会有人豆子看见我,"好心眼儿巨人自信地说,"你忘了,我做这种事不知多少年了,从来没有一个人豆子哪怕看到过我一眼。"

"我看到了。"索菲悄悄地说。

"啊,"他说,"对。你是第一个。"

在接下来的半个钟头里,东西移动得那么快,那么安静,索菲蹲在巨人的耳朵里,简直弄不清楚都发生了什么事。他们是在街上。到处是房子。有时候有店铺。街上有很亮的街灯。附近有些人,有些汽车开着灯。没有人注意到好心眼儿巨人。真不明白他是怎么做到的。在他的行动中有一种魔法,他好像融入了影子。他会滑过去——这是形容他的行动唯一可以用的字眼——他会悄没声儿地从一个黑暗地方滑进另一个黑暗地方。他一直在伦敦的一条条街上向前移动着,他的黑色大氅和黑夜融为一体。

很可能有一两个走夜路的行人会觉得,他们好像看见一个细而高的黑影很快地在一条漆黑的街上掠过,可就算他们这样觉得,他们也永远不会相信自己的眼睛。他们只

会把这当作一个幻影，只会怪自己眼花，看到了其实根本不存在的东西。

就这样，索菲和好心眼儿巨人最后来到了一个满是树木的地方。这里当中有条路穿过，还有个湖。这地方没有人，从离开山洞以来，好心眼儿巨人第一次停下了。

“什么事？”索菲压低嗓子悄悄地问道。

“我有点迷糊了。”他说。

“你走得挺棒的。”索菲悄悄地说。

“不，我没有。”他说，“我这会儿完全迷糊了，我迷路了。”

“为什么？”

“因为我们应该是在伦敦的中心，可忽然之间我发现我们是在绿色的牧场上。”

“别犯傻了，”索菲悄悄地说，“这就是伦敦的中心。这里叫作海德公园。我很清楚我们在什么地方。”

“你在开玩笑。”

“我没开玩笑。我发誓我没有开玩笑。我们差不多到了。”索菲说。

　　"你是说我们差不多到女王的王宫了？"好心眼儿巨人叫道。

　　"它就在路那边，"索菲悄悄地说，"我来过这里。"

　　"走哪一边？"好心眼儿巨人问道。

"一直向前走。"

好心眼儿巨人穿过没有人的公园一直向前跑。

"现在停下。"

好心眼儿巨人停下了。

"你看到我们前面那环形交叉路了吗，就在公园外面的？"索菲悄悄地说。

"看到了。"

"那就是海德公园角。"

在离天亮还有一小时的时候，海德公园角就已经有不少车辆来来往往了。

索菲悄悄地说："在交叉路中心广场有一座很大的石拱门，门顶有一座雕像，一个人骑着一匹马。你看到了吗？"

好心眼儿巨人从树木间看过去。"我看到了。"他说。

"你认为，你只要飞快地跑过去，能够一跳就跳过海德公园角、跳过拱门、跳过骑马的人，落到另一边的人行道上吗？"

"那太容易了。"好心眼儿巨人说。

"你能百分之百地吃准？"

"我保证。"好心眼儿巨人说。

"不管怎样，你千万不要落到海德公园角当中。"

"别那么大惊小怪，"好心眼儿巨人说，"对我来说，这不过是小小的一跳而已，根本算不了什么。"

"那么跑起来吧！"索菲悄悄地说。

好心眼儿巨人于是全速奔跑起来。他飞也似的跑过公园，就在到达把公园和街道隔开的围栏前面，他起跳了。这是一个巨大的飞跃。他飞过海德公园角，像只猫那样轻快地落到另一边的人行道上。

"干得好！"索菲悄悄地说，"现在快跳过那围墙！"

就在他们前面，沿着人行道有一道砖墙，墙顶一路过去都是可怕的铁蒺藜。好心眼儿巨人把身子一蹲，只那么一小跳，就轻松地过去了。

"我们到了！"索菲兴奋地悄悄说，"我们已经在女王的后花园了！"

王　宫

"我的口香糖啊！"好心眼儿巨人悄悄地叫了一声，"这真的是它？"

"这就是王宫。"索菲悄悄地回答。

距离不到一百码，隔着花园里高大的树木，隔着修剪得平平整整的草地和一些小花坛，他们看见在黑暗中耸立着的王宫的巨大轮廓。它是白色的石头建造的。它大得让好心眼儿巨人深感吃惊。

"这地方至少有一百个卧室！"他说。

"那还用说，我想是这样。"索菲悄悄地说。

"那我就糟了。"好心眼儿巨人说，"我怎么才能找到女王睡觉的那一个卧室呢？"

"我们走近一点儿去看看吧。"索菲悄悄地说。

好心眼儿巨人在树木间向前滑过去。他忽然停下一动不动了。里面正坐着索菲的那只大耳朵开始转动起来。

"喂！"索菲悄悄地说，"你要把我翻出去了！"

"嘘嘘嘘！"好心眼儿巨人悄悄地回答她，"我听到了什么声音！"他停在一丛矮树后面悄悄地等着，耳朵转来转去，索菲得抓紧它的边不让自己翻身跌出去。好心眼儿巨人指着矮树丛间的一道缝，距离不到五十码，她看见一个人很轻地走过草地，他用皮带牵着一条警犬。

好心眼儿巨人一动不动，像块石头。索菲也一样。那人牵着狗朝前走去，在黑暗中不见了。

"你说过后花园里没有卫兵。"好心眼儿巨人悄悄地说。

"他不是卫兵，"索菲悄悄地回答他，"他是个看守人什么的，不过我们得加倍小心。"

"不用太担心，"好心眼儿巨人说，"我这双大耳朵连花园另一边有人呼吸都能听见。"

"天还有多久就亮了？"索菲悄悄问道。

"很快，"好心眼儿巨人说，"我们现在得赶紧！"

他向前滑过这广阔的花园。索菲又一次注意到，他像是融入了所到之处的阴影里。他的脚不发出一点儿声音，哪怕是走在小石子上面。

转眼间他们已经靠近王宫的后墙了。好心眼儿巨人的头平着二楼的窗子，索菲坐在他的耳朵里，也能看到那么高。这一层所有窗子的窗帘都放下了，哪里也没有灯光。他们能听到远处海德公园角车辆的轻微响声。

好心眼儿巨人停下来，用他的另一只耳朵，就是里面没坐着索菲的耳朵，贴近第一扇窗子。

"不对。"他悄悄地说。

"你在听什么？"索菲悄悄地问。

"听呼吸。"好心眼儿巨人悄悄地说，"我听呼吸就知道那是个男人豆子还是个女人豆子。里面是个男人豆子，还发出点呼噜声。"

他滑过去，把穿着黑色大氅的瘦长身体贴着房屋。他来到第二扇窗子前面仔细地听着。

"这个房间是空的。"他悄悄地说。

他又听了几个房间，但每次都摇摇头继续滑过去。

等他来到王宫靠当中的那扇窗子，他仔细听听，没有再往前走。"嗨嗨，"他悄悄地说，"里面睡着一个女人。"

索菲只觉得脊梁骨从上到下都有点哆嗦。"不过她是谁呢？"她悄悄地问他。

好心眼儿巨人把一根手指头放在嘴唇上叫她不要响。他把手伸进打开的窗口，轻轻地撩开一点儿窗帘。

伦敦夜空的橙黄色光线投进房间，在墙上投下一点儿亮光。这是一个大房间，一个漂亮的大房间，有华丽的地毯、镀金的椅子和一张梳妆台。床上睡着一个女人。

索菲忽然发现，她正盯着曾在邮票上、硬币上、报纸上看到的那张脸。

有好几秒钟她说不出话来。

"这是她吗？"好心眼儿巨人悄悄地问。

"是她。"索菲悄悄地回答。

好心眼儿巨人不再耽搁。首先，他极其小心地开始托起这大窗子的下半扇。对于开窗子他是内行了，多少年来，他打开过千万扇窗子，好把梦吹进孩子们的卧室。有些窗子很紧，有些窗子摇摇晃晃，有些窗子嘎吱嘎吱响。他很高兴女王的窗子托上去像丝绸一样光滑。他把下半扇窗子托起，这样可以让索菲坐到窗台上。

好心眼儿巨人

接着，他把窗帘缝合上。

然后他用大拇指和另一根手指头把索菲从自己的耳朵里夹出来，放到窗台上坐着，让她的腿耷拉在房间里，可人在窗帘外面。

"现在你千万别向后倒，以防跌到外面去，"好心眼儿巨人悄悄地叮嘱她，"你必须一直用双手牢牢地抓住窗台里面的边。"

索菲照他说的做。

这是伦敦的夏天，夜虽然不冷，可是索菲只穿着一件薄薄的睡袍，还是觉出了凉意。假使能给她一件梳妆袍，她真是什么都愿意拿出来交换，这不仅是为了让身体暖和些，更重要的是不要让下面的看守人看到她白晃晃的睡袍。

好心眼儿巨人这时从他的大氅口袋里拿出那只玻璃瓶。他旋开瓶盖。现在，他非常小心地把那宝贵的梦倒进小号宽的一头。他把小号穿过窗帘缝一直伸进房间，对准床所在的地方。他深深地吸了口气，鼓起他的腮帮，噗——

现在他把小号抽出来，抽得非常小心，像抽出一个体温表那样。

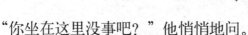

"你坐在这里没事吧？"他悄悄地问。

"是的，没事。"索菲喃喃地说。她实在是吓坏了，可她决定不让人看出来。她回过头看看，离地面好像有好多英尺，掉下去就完了。

"梦要多久才起作用呢？"索菲悄悄地问。

"有一些要一小时，"好心眼儿巨人悄悄地回答，"有一些比这快，有一些比这还要慢。不过毫无疑问，梦最后会

找到她的。"

索菲什么也没说。

"我这就到花园去等着。"好心眼儿巨人悄悄地说，"你要找我，只要叫一声我的名字，我马上就来。"

"你听得见我的声音吗？"索菲悄悄地问。

"你忘记这个了？"好心眼儿巨人微笑着指指他的大耳朵说。

"再见。"索菲悄悄地说。

忽然，好心眼儿巨人俯向前，轻轻地亲了亲索菲的脸蛋。

索菲觉得想哭。

等她回过脸去看他时，他已经融入了黑暗的花园里。

女　王

天终于亮了，柠檬色的太阳从维多利亚火车站那边的屋顶后面升起来。过了一会儿，索菲觉得背部有点暖洋洋的，真是谢天谢地。

远处，她听到教堂钟声敲响了。她数了一下，是七响。

简直无法相信，她，索菲，一个在世界上毫不起眼的小孤女，这时候竟然坐在离地面很高的英国女王卧室的窗台上，女王本人就在窗帘里面睡觉，离她不到五码远。

这件事想一想都觉得荒唐。

以前从来没有人这样做过。

做这样的事太可怕了。

如果这个梦不起作用，后果会怎么样呢？没有人，尤其是女王，会相信她说的每一个字。

很可能，从来没有人醒来拉开窗帘，会发现一个小女孩坐在他的窗台上面。女王一定会大吃一惊。

谁不会大吃一惊呢？

索菲用一个小姑娘的最大耐心，一动不动地坐在窗台上，因为她有重要的事情等着办。

"还要待多久？"她想。

女王什么时候会醒来呢？

她感到王宫深处有模模糊糊的动静传来。接着忽然之间，她听到了窗帘后面卧室里正在睡觉的人的声音，这是有点含混的说梦话的声音，"噢，不！"那个声音叫起来，"不！不要……快来阻止他们……太可怕了……噢，太恐怖了……不！不！不……"

"她在做那个梦了。"索菲心里说，"这个梦一定特别恐怖！我为她感到难过，可非这样不可。"

接着是几声呻吟。接着是很长的沉寂。索菲等着。她回过头去看。她怕会看见那个牵着狗的人在下面的花园里抬头看她。但是花园里没有人。夏天灰色的雾像烟一样笼罩着整座花园。这是一座巨大的花园，非常美丽，远处有个形状好玩的湖。湖上有一座岛，鸭子在湖水上游来游去。

房间里面，索菲忽然听到了敲门的声音。她听见门把手的转动声，有人走进房间里来了。

"早安，女王陛下。"一个女人的声音说。是一位上了岁数的女人的声音。

沉默了一会儿，接着是瓷器和银器发出的很轻的声音。

"您要让您的托盘放在床上还是桌子上？"

"噢，玛丽！刚才出了可怕的事情！"这是索菲在收音机和电视机里听到过不知多少次的声音，特别是在圣诞节。这是非常熟悉的声音。

"是什么事啊，陛下？"

"我刚做了一个最可怕的梦！是个噩梦！太恐怖了！"

"噢，我真难过，陛下。不过不要苦恼。您现在醒了，一切会过去的。这只是一个梦罢了，陛下。"

"你知道我梦见了什么吗，玛丽？我梦见许多女孩和男孩被最可怕的巨人从他们寄宿学校的床上抓起来吃掉！那些巨人把他们的胳膊伸进宿舍窗口，用他们的手指头把孩子们夹出来！一群是从女童学校，一群是从男童学校！一切全都那么……活生生的。玛丽！一切全都那么真实！"

一阵沉默。索菲等着。她激动得浑身发抖。但为什么

沉默？为什么那女仆不说话？

"什么事啊，玛丽？"那熟悉的声音在说话。

又是一阵沉默。

"玛丽！你的脸色白得像张纸！你觉得不舒服吗？"

忽然传来一阵瓷器的稀里哗啦声，这肯定是那女仆的托盘从她手里掉下来了。

"玛丽！"那熟悉的声音说得很急，"我想你最好马上坐下来！你的样子像马上要昏倒了！你实在不必只因为我做了一个噩梦就那么当真。"

"不……不……不是因为这个，陛下。"女仆的声音哆嗦得厉害。

"那么天哪，是为了什么呢？"

"托盘的事我非常抱歉，陛下。"

"噢，别去管那托盘了。可到底是什么事让你把它摔了呢？为什么你的脸白得像张鬼脸？"

"您还没看报吧，陛下？"

"没有，上面说些什么？"

索菲听见报纸递上去的簌簌声。

"说的就是您夜里做的那个梦，陛下。"

"胡说，玛丽。在哪里？"

"在头版，陛下。大字标题。"

"天哪！"熟悉的声音叫道，"十八个女生从她们的罗迪安女子学校的床上神秘失踪！十四个男生从伊顿公学失踪！在宿舍窗下发现骨头！"

接下来是一阵沉默，等到终于明白了新闻的意思，这沉默随即又被喘息声打断了。

"噢，多么可怕啊！"那熟悉的声音叫出来，"这太可怕了！骨头在窗下！还能出什么事呢？噢，那些可怜的孩子！"

"可是陛下……您没看出来吗，陛下……"

"看出来什么，玛丽？"

"那些孩子被抓走，几乎完全跟您梦里看到的一样，陛下！"

"他们不是被巨人抓走的，玛丽。"

"不是，陛下。可是女生和男生从他们的宿舍失踪，您在梦里看得那么清楚，这件事真发生了。因此我觉得奇怪，

陛下。"

"我自己也有点奇怪，玛丽。"

"发生这样的事，我浑身都发抖了，真发抖了。"

"我不怪你，玛丽。"

"我这就再给您把早餐端来，陛下，并且把这些东西打扫干净。"

"不！不要走开，玛丽！在这里待一会儿！"

索菲很希望能往房间里看看，可是她不敢碰窗帘。熟悉的声音又说起话来："我真正梦见了那些孩子，玛丽，清楚得像水晶。"

"我知道您梦见了，陛下。"

"我不知道怎么夹进了巨人。那是胡说八道。"

"我把窗帘拉开好吗，陛下？这样我们都会好过些。今天是个晴朗的日子。"

"请拉开吧。"

"哧"的一声，两片大窗帘都被拉开了。

女仆一声尖叫。

索菲在窗台上僵住了。

女王在她的床上坐着，《泰晤士报》放在她的膝盖上，她一下子抬起头来，现在轮到她僵住了。她不像女仆那样尖叫，不论遇到什么事情，女王都太能控制自己了。她只是坐在那里，脸色发白，瞪大了眼睛看着这个穿着睡袍坐在

她窗台上的小女孩。

索菲吓呆了。

说实在的，女王看上去也吓呆了。本以为她看上去会
吃一惊，因为换上你或者我，早上第一件事竟发现有一个
小女孩坐在我们的窗台上，我们也会吃一惊的。可女王看
上去不是吃一惊。她看上去真真正正是吓呆了。

女仆，一个头戴一顶滑稽帽子的中年女人，首先恢复
过来，"天哪，你在这里干什么？"她生气地对索菲大叫。

索菲用哀求的眼光向女王求助。

女王还在盯住索菲看，说她目瞪口呆可能更准确些。
她的嘴微微张开，眼睛瞪得又圆又大，像两只茶杯碟子，
那张著名的脸充满了不自信的神情。

"现在听我说，小姐，你是怎么到这房间里来的？"那
女仆气呼呼地大叫着。

"我不相信，"女王念叨着，"我就是不相信。"

"我来把她带走，陛下，马上带走。"那女仆说。

"不，玛丽！不，别这样做！"女王说得这样严厉，女
仆不禁很吃惊。她转过脸来看着女王。女王这是怎么啦？

看上去她好像受到了打击。

"您没事吧，陛下？"女仆说。

等到女王重新开口说话，她说的是一种很奇怪的悄悄话，嗓子像给扼住了。"告诉我，玛丽，"她说，"老老实实地告诉我，是真有一个小女孩坐在我的窗台上，还是我仍旧在做梦？"

"没错，她是坐在那里，陛下，清清楚楚。不过只有天知道，她怎么会在那里！这一回陛下您绝对不是在做梦！"

"可这正是我在梦里曾经看见的！"女王叫起来，"我

在梦里也看到了这番情景！在我的梦里也是一个穿睡袍的小女孩坐在我的窗台上和我说话！"

女仆把双手在她涂了粉的胸口前面握住，用绝对不相信的神情看着女王。这情况完全超出她的理解范围。她被弄糊涂了。她对如何应付这种发疯的情况完全没有受过训练。

"你是真的吗？"女王对索菲说。

"是……是……是的，陛下。"索菲喃喃地说。

"你叫什么名字？"

"叫索菲，陛下。"

"你怎么到我窗台上面来的？不，先别回答！先等一等！我在梦里也看到了那一幕！我梦见一个巨人把你放在那里！"

"他是把我放在这里，陛下。"索菲说。

女仆发出一声痛苦的大叫，在脸前面握住了双手。

"控制住你自己，玛丽！"女王严厉地说。接着她问索菲："关于巨人的话，你不是当真的吧，对吗？"

"噢，是当真的，陛下。这会儿他正在外面的花园里。"

　　"他真在那里？"女王说。这整件事荒唐成这样，倒帮助她重新恢复了冷静。"那么说，他是在花园里，对吗？"她说，微微地笑着。

　　"他是个好巨人，陛下，"索菲说，"您不用怕他。"

　　"我很高兴听见这句话。"女王说，还是那么笑眯眯的。

　　"他是我最好的朋友，陛下。"

　　"那太好了。"女王说。

　　"他是一个可爱的巨人，陛下。"

　　"我完全相信他是的。"女王说，"可你和这巨人为什么来见我呢？"

　　"我想您也梦见了那一段，陛下。"索菲镇静地说。

这句话让女王一下子停下了。

她脸上的微笑完全消失了。

她当然也梦见了那一段。她现在记起来了，在那个梦的结尾，有一个小女孩和一个好心眼儿巨人会来告诉她，怎样可以找到那九个可怕的吃人巨人。

可女王心里说："得小心。要保持极端镇静，因为这离发疯一定不太远。"

"您真梦见了，对吗，陛下？"索菲说。

女仆这时候已经被彻底弄糊涂了。她站在那里瞪大了眼睛看着。

"对，"女王喃喃地说，"对，你现在提起了它，我是梦见了。可我梦见了什么，你是怎么知道的？"

"噢，这故事说来就话长了，陛下，"索菲说，"您要我把好心眼儿巨人叫来吗？"

女王看着这女孩，女孩勇敢地回看女王，她的脸坦率真诚，十分严肃。女王简直不知道这件事怎么理解才好。是有人跟她在开玩笑，她想。

"要我把他叫来吗？"索菲说下去，"您会非常喜欢他的。"

女王深深地吸了口气。她很高兴，除了她忠心的老玛丽，没有别人在场看到正在发生什么事。"很好，"她说，"你可以把你的巨人叫来。不，稍微等一等。玛丽，你冷静下来，把我的梳妆袍和拖鞋拿给我。"

女仆照她吩咐的做了。女王下床，穿上淡红色的梳妆袍和拖鞋。

"现在你可以叫他了。"女王说。

索菲把头转向花园，叫道："好心眼儿巨人！女王陛下想见你！"

女王走到窗口，站在索菲旁边。

"你从窗台上下来，"女王说，"你随时会向后跌下去的。"

索菲跳到房间里，站在打开的窗子前面，紧挨着女王。

玛丽站在她们背后。现在她的双手紧摸着自己的屁股，脸上那副样子像在说："我可不想介入这可笑的事。"

"我没看到什么巨人嘛。"女王说。

"请等一等。"索菲说。

"现在要我把她带走吗，陛下？"女仆说。

"带她到楼下去吃早餐。"女王说。

就在这时候，湖边的灌木丛发出了簌簌的响声。

好心眼儿巨人走出来了。

二十四英尺高，穿着黑色大氅，一副贵族派头，一只手还拿着那把长小号，威风凛凛地大踏步穿过王宫的草地，向窗子走来。

女仆尖叫。

女王倒抽一口冷气。

索菲招手。

好心眼儿巨人一路庄严地走过来。走近三个人站着的窗口时，他停下脚步，姿势优雅地慢慢鞠了一个躬。重新站直以后，他的头几乎正好平着窗口那三个正在看着他的人。

"陛下，"他说，"我是您卑微的仆人。"他又鞠了一个躬。

考虑到女王是第一次看到巨人，她保持镇静的能耐还是相当惊人的。"我们很高兴看到你。"她说。

窗子下面，一个园丁正推着一辆手推车穿过草地。他一眼看到了好心眼儿巨人的两条腿。他慢慢地抬起头一路看上去，看到了他整座塔似的身体。尽管他紧紧地抓住手推车的把手，但还是摇摇晃晃、踉踉跄跄地倒在草地上完全不省人事了。

"噢，陛下！"好心眼儿巨人叫道，"噢，女王！噢，君主！噢，元首！噢，统治者！噢，领袖！噢，苏丹！我和我的小朋友索菲到这儿来……是要给您……"好心眼儿巨人犹豫着寻找着合适的词语。

"给我什么？"女王说。

"一个忙。"好心眼儿巨人兴高采烈地说。

女王傻了。

"他要给您帮个忙，他说话有时候有点滑稽，陛下，"索菲说，"他从来没有上过学。"

　　"那我们必须送他进学校。"女王说，"我们这个国家有非常好的学校。"

　　"我有重大的秘密要告诉陛下您。"好心眼儿巨人说。

　　"我很高兴听到它们，"女王说，"不过不是穿着我的梳妆袍听你说。"

　　"您想梳妆吗，陛下？"女仆说。

　　"你们两个吃过早餐没有？"女王说。

"噢，我们可以吃吗？"索菲叫道，"噢，请让我们吃吧！我从昨天起就什么也没有吃过了！"

"我刚才正要吃我的早餐，"女王说，"可玛丽把它掉在地上了。"

女仆喘不过气来。

"我想王宫里还有吃的。"女王对好心眼儿巨人说，"也许你和你的小朋友会愿意跟我一起吃吧。"

"会是讨厌的大鼻子瓜吗，陛下？"好心眼儿巨人说。

"会是什么？"女王说。

"难吃的大鼻子瓜。"好心眼儿巨人说。

"他在说什么啊？"女王说，"听上去像句粗话。"她转向女仆说："玛丽，请他们准备三个人的早餐，在……我想最好在舞厅吃。那里天花板最高。"她对好心眼儿巨人说："我看你只好两手着地地爬进门了。我这就派人给你带路。"

好心眼儿巨人伸手进来把索菲抱出窗子。"你我先离开女王陛下，让她一个人梳妆更衣。"他说。

"不，把小姑娘留在这里，"女王说，"我们要找点什么给她穿上。她不能穿着睡袍吃早餐。"

好心眼儿巨人于是把索菲放回卧室里来。

"我们可以吃香肠吗，陛下？"索菲说，"还有熏肉和煎鸡蛋？"

"我想可以做到。"女王微笑着回答。

"你就等着尝尝它们吧，"索菲对好心眼儿巨人说，"从现在起，你可以不用再吃大鼻子瓜了！"

王家早餐

当王宫里的仆人们接到女王的命令，说过半小时有一位二十四英尺高的巨人要和女王陛下一起在大舞厅里共进早餐的时候，他们可就忙得不可开交了。

内廷总管，一位威风凛凛的人物，叫蒂布斯的，管辖着全王宫的仆人，他马上要尽他的全力在最短的时间内安排好一切。一个人只有具备了异常的足智多谋、随机应变、多才多艺、灵巧机智、老练精明、谨慎小心和其他种种才能，才能够升为女王的内廷总管。蒂布斯先生正好具备了这一切。当女王的命令下达到蒂布斯先生那里的时候，他正在他的食品室里抿着早晨的一杯淡麦芽酒。真是一转眼的工夫，他已经在脑袋瓜里计算出来：如果一个六英尺高的正常人需要一张三英尺高的桌子吃饭，那么，一个二十四英尺高的巨人就需要一张十二英尺高的桌子；如果一个六英尺高的人需要一把两英尺高的椅子，那么，一个二十四英尺高的巨人就需要一把八英尺高的椅子。

蒂布斯先生得出结论：一切都必须乘以四。早餐两枚鸡蛋必须变成八枚，四片熏肉必须变成十六片，三片吐司必须变成十二片，依此类推。关于食物的这些计算结果，立刻被转告了法国先生帕皮雍，就是御厨师。

蒂布斯先生飞也似的滑进舞厅（内廷总管是不走路的，他们只是滑过地面），后面跟着一大批仆人。这些仆人全都穿着短裤，个个展露出他们漂亮的圆圆腿肚和脚腕子。你要是没有匀称好看的脚腕子，你就别想当上宫廷的仆人。你去应聘的时候，他们首先就看这一点。

"把大钢琴推到大厅当中。"蒂布斯先生细声细气地说。内廷总管们是从来不提高他们的声音的，他们总是温柔地细声细气地说话。

四个仆人把大钢琴推来了。

"现在搬来一个大五斗柜，把它放在钢琴顶上。"蒂布斯先生细声细气地说。

另外三个仆人搬来了一个著名的奇彭代尔式桃花心木五斗柜，把它放在了大钢琴顶上。

四英尺高的巨人就需要一把八英尺高的椅子。

蒂布斯先生得出结论：一切都必须乘以四。早餐两枚鸡蛋必须变成八枚，四片熏肉必须变成十六片，三片吐司必须变成十二片，依此类推。关于食物的这些计算结果，立刻被转告了法国先生帕皮雍，就是御厨师。

蒂布斯先生飞也似的滑进舞厅（内廷总管是不走路的，他们只是滑过地面），后面跟着一大批仆人。这些仆人全都穿着短裤，个个展露出他们漂亮的圆圆腿肚和脚腕子。你要是没有匀称好看的脚腕子，你就别想当上宫廷的仆人。你去应聘的时候，他们首先就看这一点。

"把大钢琴推到大厅当中。"蒂布斯先生细声细气地说。内廷总管们是从来不提高他们的声音的，他们总是温柔地细声细气地说话。

四个仆人把大钢琴推来了。

"现在搬来一个大五斗柜，把它放在钢琴顶上。"蒂布斯先生细声细气地说。

另外三个仆人搬来了一个著名的奇彭代尔式桃花心木五斗柜，把它放在了大钢琴顶上。

"这给他当椅子坐,"蒂布斯先生细声细气地说,"这样离地正好八英尺。现在我们来做一张桌子,让这位先生可以舒舒服服地坐着吃他的早餐。给我搬来四座高高的落地式大摆钟。这种钟王宫里有很多。每一座大摆钟有十二英尺高。"

十六个仆人分头到王宫各处去找到了这种正好十二英尺高的落地式大摆钟。这些钟可不容易搬,每一座都要四个仆人搬。

"把这四座大摆钟在大钢琴旁边摆成八英尺乘四英尺的长方形。"蒂布斯先生细声细气地说。

仆人们照他说的办了。

"现在给我搬来小王子的乒乓球台。"蒂布斯先生细声细气地说。

乒乓球台搬来了。

"把它的四条桌腿旋下来拿走。"蒂布斯先生细声细气地说。这件事也做好了。

"现在把乒乓球台的桌面放在四座落地式大摆钟的顶上。"蒂布斯先生细声细气地说。为了做这件事,仆人们得

站到梯子上去。

　　蒂布斯先生退后站着，仔细打量这件新家具。"这一点儿也不符合古典式样，"他细声细气地说，"可也只好这样将就了。"他吩咐在乒乓球台桌面上铺上织花台布，这么一来，它看上去就像模像样了。

　　到这节骨眼儿上，蒂布斯先生看上去有点迟疑。仆人们全都惊恐地盯住他看。总管们是从不迟疑的，哪怕他们面对最无法解决的难题，在任何时候，做总决定是他们的职责。

　　"餐刀、餐叉和餐匙，"只听蒂布斯先生咕噜着说，"我

们的刀叉在他的手里只像是一些小别针。"

不过蒂布斯先生没有迟疑很久。"告诉总园丁,"他细声细气地说,"我马上需要一把没有用过的园艺叉子,还要一把铲子。餐刀我们可以用挂在晨室墙上的剑。不过剑首先要洗刷干净。它上次用是砍下国王查理一世[①]的脑袋,刀刃上说不定还有干了的血迹。"

这一切完成以后,蒂布斯先生站在舞厅的正中央,用他精明的总管眼光环视着全场。还有什么忘掉的吗?当然有。给那位大个儿先生喝咖啡的咖啡杯怎么办?

"给我拿来你们在厨房里能找到的最大一只水罐。"他细声细气地说。

好不容易拿来了一只能装一加仑水的很棒的瓷水罐,放在了巨人的餐桌上,放在园艺叉子、园艺铲子和那把剑的旁边。

要为巨人动脑筋做的事就这些了。

蒂布斯先生接着让仆人们把一张别致的小桌子和两把椅子放到巨人的餐桌旁边。这是给女王和索菲用的。巨人

---

① 查理一世(1600—1649),英国国王,被国会判处死刑。

的餐桌和椅子高高地耸立在那张小桌子旁边。

这一切刚安排好，穿着整齐的套裙和开襟羊毛衫的女王拉着索菲的手进舞厅来了。给索菲总算找到了一条很漂亮的蓝色连衣裙，是一位公主小时候穿的。索菲穿上它，现在看上去更加漂亮了。女王特地从她的梳妆台上挑了一枚贵重的蓝宝石别针，把它别在索菲左边的胸前。好心眼儿巨人跟在她们后面，不过他进舞厅的门很麻烦。他得两手扒在地上挤进来，两个仆人在后面推，两个仆人在前面拉。他已经脱掉了黑色大氅，放下了他的小号，现在只穿着便服。

当他走进舞厅的时候，他得弯着腰，免得碰到天花板。因为这个，他没留神那盏巨大的水晶吊灯。"哗啦！"他的头直接撞上了它。玻璃像雨点一样落到可怜的好心眼儿巨人身上。"噢，大炮炸弹！"他叫道，"这是什么东西？"

"这是路易十五时代的。"女王说，看上去有点不知所措。

"他从来没有进过房子。"索菲替好心眼儿巨人解释。

蒂布斯先生皱起了眉头。他吩咐四个仆人把东西打扫

干净，接着轻蔑地挥了一下手，指点巨人坐到大钢琴上面的五斗柜上去。

"一个多么起不了的座位啊！"好心眼儿巨人说，"我坐在上面会多么服服舒舒啊！"

"他一直这样说话吗？"女王问道。

"常常这样，"索菲说，"他会把话说得颠三倒四。"

好心眼儿巨人在大钢琴上的五斗柜上面坐了下来，惊奇地环顾着这个大舞厅。"我的口香糖啊！"他叫道，"我们是在一个多么起不了的房间里啊！它大成这样，我得用望远镜去看另一头在发生什么事！"

仆人们端来用银托盘放的煎鸡蛋、熏肉、香肠和炸土豆。

就在这当口儿，蒂布斯先生忽然明白，要把东西端给在十二英尺高的立地式大摆钟旁边的好心眼儿巨人，他得爬到一把特高梯子的顶上。而且，他上梯子必须一只手拿着一只热乎乎的大盘子，一只手拿着一把巨大的银咖啡壶，平衡着身体，要上得不摇不晃。换了别人，一想到这一点就会退缩，可是好总管从来不退缩，他就那么上去了。上啊上啊，这时女王和索菲饶有兴趣地盯着他看。她们很可能暗暗在想：他会失去平衡，"哗啦"一声掉到地板上的。可是好总管从来不会"哗啦"一声掉下来。

在梯子顶上，蒂布斯先生像杂技演员那样平衡着身体，给好心眼儿巨人斟上咖啡，把那巨大的盘子放在他面前。那巨大的盘子里有八只煎鸡蛋、十二根香肠、十六片熏肉和一大堆炸土豆。

"请问这些是什么，陛下？"好心眼儿巨人低头看着女王问道。

"他除了大鼻子瓜，从来没有吃过别的东西。"索菲解

释说，"它难吃极了。"

"可这似乎没有妨碍他生长。"女王说。

好心眼儿巨人抓起园艺铲子，把所有的煎鸡蛋、香肠、熏肉和炸土豆一股脑儿铲起来，全倒进了他那张巨大的嘴巴里。

"骨碌碌转的眼睛啊！"他叫道，"大鼻子瓜比起这东西来，味道就如同臭狗屎了！"

女王皱起眉头朝上看。蒂布斯先生低下头看着他的脚指头，在默默祷告着。

"这只够一小口，"好心眼儿巨人说，"在你的食品柜里，这种好吃的东西还有吗？"

"蒂布斯，"女王说，表现出真正的王家好客派头，"再给这位先生一打煎鸡蛋和一打香肠。"

蒂布斯嘴里咕噜着，用白手帕擦着眉头，滑出了房间。

好心眼儿巨人举起那大瓷罐喝了一口。"噢！"他大叫一声，把一口咖啡喷了出来，"对不起，我喝的是什么可怕的苦水啊，陛下？"

"那是咖啡，"女王告诉他，"新鲜的。"

"真难喝！"好心眼儿巨人叫出来，"有下气可乐吗？"

"你说什么？"女王问道。

"味道顶呱呱的下气可乐。"好心眼儿巨人回答说，"人人吃早餐一定要喝下气可乐，陛下，那么我们接下来全都能够快快活活地噼啊扑了。"

"他这话是什么意思？"女王对索菲皱起眉头说，"什么噼啊扑的？"

索菲板起了脸。"好心眼儿巨人，"她说，"这里没有下气可乐，也绝对禁止噼啊扑！"

"什么？"好心眼儿巨人大叫，"没有下气可乐？不许噼啊扑？没有美妙的音乐？没有嘭嘭嘭？"

"绝对不可以。"索菲坚定地告诉他。

"如果他要唱歌，请不要阻止他。"女王说。

"他不要唱歌。"索菲说。

"他不是说音乐吗？"女王说下去，"要我叫人拿来小提琴吗？"

"不要，陛下，"索菲说，"他不过是说着玩的。"

好心眼儿巨人脸上掠过一点儿难为情的微笑。"听我

说，"他低头看着索菲说，"如果他们王宫里没有下气可乐，我屏屏气还是可以噼啊扑的。"

"不要！"索菲大叫，"千万不要！你别这么干！我求求你！"

"音乐对于消化大有好处，"女王说，"我那时候在苏格兰，吃饭的时候他们总在窗外吹风笛。就演唱点什么吧。"

"我已经得到女王陛下的允许！"好心眼儿巨人叫着，马上放出一个噼啊扑，就像一个炸弹在房间里爆炸了。

女王跳起来。

"万岁！"好心眼儿巨人大叫，"这比吹风笛好听，对不对，陛下？"

女王过了一阵才从震惊中恢复过来。"我情愿听吹风笛。"她说。不过她还是忍不住微笑起来。

在接下来的二十分钟里，一大群仆人轮流着来来去去，从厨房给狼吞虎咽的好心眼儿巨人端来第三盆、第四盆、第五盆煎鸡蛋和香肠。

等到好心眼儿巨人吃完了第七十二枚煎鸡蛋，蒂布斯先生悄悄走到女王身边，低低地弯着腰，对女王细声细气地说:"厨师长捎来道歉的话,陛下,他说厨房里已经没有鸡蛋了。"

"那些母鸡出什么毛病啦?"女王说。

"母鸡倒没出什么事,陛下。"蒂布斯先生细声细气地回答。

"那么吩咐它们继续下蛋。"女王说。她抬头去看看好心眼儿巨人。"你们等着鸡下蛋的时候,再给他上吐司和果酱。"她对蒂布斯先生说。

"吐司也吃完了。"蒂布斯先生细声细气地说,"厨师长说面包已经没有了。"

"那么叫他多烤些。"女王说。

当这些事情在照办的时候,索菲把她到巨人国遇到的事情一五一十、毫无缺漏地告诉了女王。女王仔细听着,吓得魂不附体。等到索菲讲完,女王抬头去看高高坐在她上面的好心眼儿巨人,他这会儿正在吃他的松蛋糕。

"好心眼儿巨人,"她说,"昨天夜里那些吃人野兽到英国来了。你记得起他们前天夜里到什么地方去了吗?"

好心眼儿巨人把一整个圆滚滚的松蛋糕放到嘴里,一边慢慢地嚼着，一边动脑筋想这个问题。"是的，陛下，"他说，"我的确认为，我想起了他们说过前天夜里上什么地方去。他们在跑往瑞典吃美点，他们说瑞典人豆子是酸酸甜甜的美点。"

"给我电话。"女王吩咐说。

蒂布斯先生把电话放在桌子上。女王拿起电话听筒。"请给我接瑞典国王。"她说。

"你早，"女王说，"瑞典一切太平无事吗？"

"一切太可怕了！"瑞典国王回答说，"首都正处在一片恐慌之中！前天夜里，我的二十六名平民百姓失踪了！我的整个国家正……正……正处在恐慌之中！"

"你的二十六名平民百姓都让巨人给吃掉了，"女王说，"他们显然喜欢瑞典人的味道。"

"为什么他们喜欢瑞典人的味道呢？"国王问道。

"因为瑞典人是酸甜美点。这话是好心眼儿巨人告诉我的。"女王说。

"我不明白你在说什么。"瑞典国王有点生气地说，"这可不是说什么好玩的事，如果平民百姓像爆玉米花那样给吃下去的话。"

"他们也吃了我的平民百姓。"女王说。

"他们到底是谁？"国王问道。

"巨人。"女王说。

"听我说，"国王说，"你觉得没事吧？"

"这是一个伤脑筋的早晨，"女王说，"首先我做了一个可怕的噩梦，接着是女仆打翻了我的早餐，而现在正有一个巨人坐在钢琴上。"

"你急需一位医生！"国王叫道。

"我没事的。"女王说，"现在我得挂电话了。谢谢你的帮助。"她放下电话听筒。

"你的好心眼儿巨人说得没错，"女王对索菲说，"那九个吃人巨人是去了瑞典。"

"太可怕了。"索菲说，"请不要让他们再这么干，陛下。"

"在我派出军队之前，我还想再核实一次。"女王说。她再次抬头看了看好心眼儿巨人。这会儿他正在吃炸面包圈，像吃豆子那样，十个十个地扔进嘴里。"再仔细想想，好心

眼儿巨人，"她说，"那些可怕的巨人说他们大前天夜里上

哪儿去了？"

好心眼儿巨人想了好半天，想得很苦。

"啊——啊！"他最后叫道，"对了，我记起来了！"

"去了哪儿？"女王问道。

"一个去了巴格达。"好心眼儿巨人说，"他们跑过我的

山洞时，吃人肉块巨人挥着双臂对我叫道：'我正要上巴格

达，我要吃巴格达大人豆子连同十个小人豆子，一个也不

剩！'"

女王再次拿起电话听筒。"给我接巴格达的市长阁下。"

她说，"如果他们没有市长阁下，那就给我接最大的人物。"

五秒钟以后，电话那边传来一个声音。"我是巴格达苏

丹。"那声音说。

"听我说，苏丹，"女王说，"大前天夜里，你们的城市

发生过什么不愉快的事情没有？"

"巴格达夜夜发生不愉快的事情。"那位苏丹说。

女王说："我想知道巴格达最近是不是有人失踪了。"

"失踪的是我的叔叔卡里夫·哈伦·阿尔·拉希德。"苏

丹说，"大前天他在床上失踪了，同时失踪的还有他的夫人等七个大人和十个孩子。"

"听见没有！"好心眼儿巨人说。他那对了不起的耳朵使他能听到苏丹在电话里对女王说的话。"吃人肉块巨人真这么干了！他到巴格达吃了八个大人豆子、十个小人豆子！"

女王放好电话听筒。"这证明的确不假。"她抬起头来对好心眼儿巨人说，"你说的显然完全是真的。马上叫来陆军首脑和空军首脑！"

计 划

　　陆军首脑和空军首脑立正站在女王的早餐桌旁。索菲还是坐在那里，好心眼儿巨人仍旧坐在他那高高的座位上。

　　女王只花了五分钟就把情况向两位军人解释清楚了。

　　"我早知道有这类事情在发生，陛下。"陆军首脑说，"近十年来，我们一直从世界几乎所有国家接到报告，说有人在夜里神秘地失踪。几天前我们才从巴拿马接到这样一个报告……"

　　"那是为了草帽①的味道！"好心眼儿巨人叫道。

　　"还有一个报告来自新西兰的惠灵顿。"陆军首脑说。

　　"那是为了靴子②的味道！"好心眼儿巨人叫道。

　　"他这是在说什么？"空军首脑说。

　　"你自己去想吧。"女王说，"现在什么时候？上午十

---

① 巴拿马草帽是有名的，英文里巴拿马草帽就叫巴拿马。
② 英国有惠灵顿靴子，英文里也可以只叫惠灵顿，但这种靴子和新西兰首都惠灵顿其实毫无关系，却和英国陆军元帅惠灵顿（1769—1852）有关。

点。过八个钟头，那九个喝血的野兽将要跑去吃另外两三打不幸的人。必须阻止他们。我们必须迅速行动。"

"我们轰炸那些坏蛋！"空军首脑说。

"我们用机关枪把他们扫倒！"陆军首脑叫道。

"我不赞成杀死他们。"女王说。

"可他们是杀人犯！"陆军首脑叫道。

"这不成为我们要学他们的理由。"女王说，"以牙还牙不行，我们必须活捉他们。"

"怎么捉呢？"两位军人异口同声说，"他们都有五十英尺高。他们打倒我们就像碰倒九柱戏的木柱！"

"等一等！"好心眼儿巨人叫道，"别说话！听好了！我想我有一个理想的答案！"

"听他说下去。"女王说。

"每天下午，"好心眼儿巨人说，"所有这些巨人都在呼呼乡。"

"这家伙说的话我一个字也听不懂。"陆军首脑厉声说，"为什么他不能说得清楚一些呢？"

"他的意思是睡乡。"索菲说，"这还听不出来吗？"

"一点儿不错！"好心眼儿巨人叫道，"每天下午，这九个巨人都躺在地上呼呼大睡。他们去吃人豆子之前，总是这样养精蓄锐，好好休息一番的。"

"说下去，"他们说，"那又怎么样？"

"因此，你们的军队只要趁那些巨人还在呼呼乡呼呼大睡的时候，到他们那里去用巨缆绳和粗铁链把他们的手脚捆起来。"

"好极了！"女王说。

"说得都很好，"陆军首脑说，"可我们怎样把那些野兽带回这里来呢？我们不能把五十英尺高的巨人装上卡车啊！当场把他们毙了，我是这个主意！"

好心眼儿巨人从他那高高的座位上低头看下来，对空军首脑说："你有吃剩鸡，对不对？"

"他说的是骂人话吗？"空军首脑说。

"他说的是直升机。"索菲告诉他。

"那他为什么不直接说直升机呢？当然，我们是有直升机。"

"起不了的大吃剩鸡，对不对？"好心眼儿巨人问他。

"非常大。"空军首脑自豪地说，"可是直升机再大也没有办法把巨人装到里面去啊！"

　　"你不用把他装进去，"好心眼儿巨人说，"你把他吊在你的吃剩鸡下面，像吊芋芋那样把他吊回来。"

　　"像吊什么？"空军首脑说。

　　"像吊鱼雷。"索菲说。

　　"你做得到吗，空军元帅？"女王问道。

　　"这个嘛，我想我们能做到。"空军首脑气呼呼地认可说。

　　"那么就干起来吧！"女王说，"你将需要九架直升机，

一架吊一个巨人。"

"地点在哪里？"空军首脑问好心眼儿巨人，"我冒昧地问一下，你能把它在地图上用大头针精确地标出来吗？"

"用大头针？"好心眼儿巨人说，"在地图上？我以前从来没听说过这些玩意儿。这位空军豆子是胡说八道吗？"

空军首脑的脸涨成了熟李子的颜色。他不高兴听到有人说他胡说八道。女王用她那可敬的理智和圆通态度来解围。"好心眼儿巨人,"她说,"你能多多少少地告诉我们,这巨人国是在什么地方吗?"

"不行,陛下,"好心眼儿巨人说,"我绝对办不到。"

"那我们就去不成了!"陆军首脑叫道。

"这真是荒唐!"空军首脑叫道。

"你们绝不能这样轻言放弃,"好心眼儿巨人说,"才遇到第一个芝麻绿豆的小障碍,你们就大喊大叫,你们就要撒手不干了。"

陆军首脑的脸气得开始鼓起来,两边脸颊鼓得像两只熟透的大番茄。"陛下!"他叫道,"我们是在和一个疯子打交道!对这种荒唐的行动我希望不再插手!"

女王对她那些高级官员耍脾气早已习以为常,她完全不理他。"好心眼儿巨人,"她说,"请你明确告诉这两位十分不开窍的人物该怎么办,好吗?"

"很乐意,陛下。"好心眼儿巨人说,"现在请仔细听我说,你们两位笨将军。"

两位军人已经准备走掉,不过他们还是停了下来,一动不动地听着。

"巨人国在世界上的哪一个位置，我一点儿也说不出来，"好心眼儿巨人说，"可我总是能够跑到那里去。我每天夜里从巨人国向前跑向后跑，把我的梦吹到小朋友的卧室里去。路我很熟。因此你们要做的只是这样：把你们的九架大吃剩鸡放上天，我一路跑，让它们跟着我。"

"路上要多少时间呢？"女王问道。

"如果我们现在离开，"好心眼儿巨人说，"正好在那些巨人呼呼午睡的时候赶到。"

"好极了。"女王说，接着她转向两位军人，"马上准备出发。"

对整件事情感到十分生气的陆军首脑说："那很好，陛下。可一旦把那些坏蛋带回来，我们把他们怎么办呢？"

"这一点你就用不着担心了，"女王告诉他，"我们会给他们做好安置准备的。现在抓紧！你们去吧！"

"如果陛下您答应，"索菲说，"我想和好心眼儿巨人一起去，给他做个伴。"

"你坐在哪里呢？"女王问道。

"坐在他的耳朵里。"索菲说，"我们做给他们看吧，好心眼儿巨人？"

好心眼儿巨人离开他的高椅子。他用手指抓起索菲，然后把右边的大耳朵转过来和地面平行，把索菲轻轻地放到里面去。

陆军首脑和空军首脑站在那里瞪大了眼睛。女王微笑着说："你真是个了不起的巨人。"

"陛下，"好心眼儿巨人说，"我想向您提出一个非常特别的请求。"

"是怎么回事？"女王说。

"我能用那些吃剩鸡把我收集到的所有的梦都带回这里来吗？收集它们可费了我许多许多年的时间，我不想失去它们。"

"那当然。"女王说，"祝你们一路平安。"

捕捉吃人巨人

多少年来，去巨人国的这条路，好心眼儿巨人走过千

千万万次了，可没有一次是这样的：九架大直升机在他的

头顶上轰隆轰隆地响着。他也从来没有这样在光天化日里

走过。他过去可不敢，可这一次完全不同，现在他是为英

国女王这样做的，他什么人也不用怕。

当他跑过不列颠群岛、直升机在他的头顶上空轰隆轰隆响的时候，人们站在那里目瞪口呆，不知道这都是怎么一回事。类似的情景他们以前从来没有见过。他们以后也不会再看到了。

直升机上的驾驶员不时会瞥见一个戴眼镜的小姑娘蹲在巨人的右耳朵里向他们招手。他们总是招手示意。驾驶员们对巨人的奔跑速度和他跳过宽阔大河和高房子的本领感到吃惊。

可是他们还没有看到什么东西。

"小心地紧紧抓着，"好心眼儿巨人对索菲说，"我们这就要快得像风了！"好心眼儿巨人用他的最高速度，一下子开始飞也似的前进，好像他的腿上有弹簧，脚趾上有火箭。他滑过地面像有魔法，脚难得触碰到地。索菲照旧低低地蹲在他耳朵的缝隙里，以免风把她吹走。

九位驾驶员忽然发现，他们落后了。巨人像箭一样向前飞奔。他们将油门加到最大，即使这样，也只是勉强跟上。

　　在领航机里，空军首脑坐在驾驶员旁边。他膝盖上放着世界地图册，他先看看地图册，再看看底下的地面，想要弄明白他们的方向。他拼命地翻阅着图册。"见鬼，我们这是在上哪儿去啊？"他叫道。

　　"我一点儿也想不出来。"驾驶员回答说，"女王的命令是跟着巨人，这正是我在干的。"

　　驾驶员是位年轻的空军军官，有两撇很粗的小胡子。他为他的小胡子而感到自豪。他喜欢冒险，他认为这一次是超级冒险。"到新地方去最有趣了。"他说。

　　"新地方！"空军首脑叫道，"你说新地方是什么意思？"

"我们现在正在飞过的地方地图册里没有，对吗？"驾驶员咧开嘴笑着说。

"你说得一点儿不假，地图册上没有！"空军首脑叫道，"我们飞得离开最后一页了！"

"我希望那巨人知道他在去什么地方。"年轻的驾驶员说。

"他在带我们走向灾难。"空军首脑叫道。他吓得浑身发抖。后面的座位上坐着陆军首脑，他甚至吓得更加厉害。

"你不是真的告诉我，我们已经完全走出了地图册吧？"他叫着俯身向前看。

"我要告诉你的正是这么一句话！"空军首脑叫道，"你自己看吧。在整本地图册里，这是最后一幅地图！我们一个钟头以前就完全离开它了！"他翻着地图册，和很多地图册一样，它后面有两页是完全空白的，他把一根手指头放在一张白页上说："因此，我们现在一定就在这儿的什么地方。"

"这是什么地方？"陆军首脑叫道。

年轻的驾驶员还在咧大了嘴巴笑着。他对他们两个说：

"这就是地图册后面留有两张白页的缘故。它们是用来画新地方的。要你们自己把它们画上去。"

空军首脑低头看底下的地面。"看看下面这偏僻的荒漠吧！"他叫道，"所有的树木都死光了，所有的岩石都是蓝色的！"

"那巨人停下来了。"年轻的驾驶员说，"他在下面向我们招手呢。"

驾驶员们关小油门，九架直升机全都安全地降落到广阔无垠的黄色荒原上。接着，每一架直升机的机舱里放下一个活动滑梯。九辆吉普车，一架直升机上一辆，从滑梯上开下来。每一辆吉普车里有六名士兵，还有许多粗缆绳和粗铁链。

"我没看到什么巨人啊！"陆军首脑说。

"巨人就在那边，现在看不见。"好心眼儿巨人告诉他，"可如果这些吵闹的吃剩鸡再开近一些，所有的巨人就会一下子给吵醒，那就要跳黄鼠狼逃窜舞了。"

"这么说，你要我们坐吉普车过去？"陆军首脑说。

"对。"好心眼儿巨人说，"你们必须压低声音。发动机

不要轰隆轰隆响。人不要叫。不要胡闹。不要开玩笑。"

好心眼儿巨人的耳朵里仍旧坐着索菲，他飞快地向前，那些吉普车紧随其后。

忽然之间，每一个人都听到了可怕的隆隆声。陆军首脑的脸一下子变得像豌豆那么青。"那是大炮的炮声！"他叫道，"在我们前面什么地方正在发生激战！马上向后转，你们全体！让我们离开这里！"

"胡说八道！"好心眼儿巨人说，"那不是大炮的炮声。"

"当然是大炮的炮声！"陆军首脑叫道，"我是军人，我只要听到大炮的炮声就能听出来！向后转！"

"那只是巨人们睡着了打呼噜的声音。"好心眼儿巨人说，"我自己是巨人，我只要听到巨人的呼噜声就能听出来。"

"你有绝对把握吗？"陆军首脑不放心地说。

"有。"好心眼儿巨人说。

"小心前进！"陆军首脑下命令。

他们全体向前进发。

于是他们看到了巨人们!

尽管离那儿还很远,可那些大兵已经吓得六神无主了。等到他们靠近,看清了巨人们到底是什么样子,他们开始出汗了。九个身子半裸、五十英尺长的丑恶野兽叉手叉脚地躺在地上,睡相千姿百态,打呼噜的声音真像是开大炮的声音。

好心眼儿巨人举起一只手,所有的吉普车都停下来。大兵们下了车。

"万一他们当中有一个醒过来,那可怎么办?"陆军首脑悄悄地说。他的两个膝盖一直在打架。

"万一他们当中有一个醒过来,你还没来得及开口,他已经把你吃下去了。"好心眼儿巨人咧开大嘴笑着回答,"只有我一个不会给吃掉,因为巨人从来不吃巨人。只有我和索菲是安全的,因为有巨人醒了我会把她藏起来。"

陆军首脑倒退几步。空军首脑也一样。他们赶紧钻进吉普车,准备好一旦需要就溜之大吉。

"前进,士兵们!"可陆军首脑说,"前进,勇敢地完成你们的任务!"

　　大兵们拿着他们的缆绳和铁链匍匐前进。他们个个瑟瑟发抖，没有一个人敢说一个字。

　　好心眼儿巨人让索菲坐在他的手掌上，站在附近观看

这场战役。

　　说句公道话，那些大兵还是非常勇敢的。每个巨人有六名训练有素的大兵对付。不到十分钟，九个巨人中有八个已经像小鸡那样被捆了起来，可他们仍旧在心情舒畅地打着呼噜。九个巨人中的第九个，真不幸，碰巧是吃人肉块巨人，他给大兵们带来了很大麻烦，因为他躺在那里，右臂正好塞在巨大的身躯底下。不把那条右臂从他的身躯底

下弄出来，就没有办法把他的两只手腕和两条腿捆在一起。

　　六个对付吃人肉块巨人的大兵很小心很小心地动手拉那条巨臂，打算把它拉出来。吃人肉块巨人一下子睁开了那两只小猪猡大小的黑眼睛。

　　"你们这些骚扰人的可恶东西，谁在拉我的胳膊？"他打雷般地怒吼，"是你吗，你这该死的抱汉包巨人？"

　　他忽然看见了几个大兵。快得像电光一闪，他坐了起来。朝四周看看，他看到了更多的大兵。他一声狂叫，跳了起来。大兵们吓呆了，就地僵住了，动也没法动。他们手里没有武器。陆军首脑命令他的吉普车赶紧倒车。

　　"人豆子！"吃人肉块巨人叫道，"你们这些烤得半生不熟的倒霉人豆子在我们这里干什么？"他弯腰向一个大兵伸出手去，把他一把抓在手里。

　　"看来今天我要提早吃晚餐了！"他把那拼命扭来扭去的可怜大兵举在一臂远的地方，轰轰大笑。

　　站在好心眼儿巨人手掌上的索菲看着，一阵心惊肉跳。"想想办法！"她叫道，"快，趁他还没被吃了！"

"把那人豆子放下来！"好心眼儿巨人大叫。

吃人肉块巨人转过脸来盯住好心眼儿巨人看。"你和所有这些小树枝在这里干什么？"他咆哮着大叫，"你让人觉得非常可疑！"

好心眼儿巨人朝吃人肉块巨人扑上去，可那五十四英尺高的巨人用空着的一条胳膊一下就把他打倒在地。与此同时，索菲从好心眼儿巨人的手掌跌到了地上。她的心在怦怦跳。她必须干点什么！她必须！她想起了女王别在她胸前的那枚蓝宝石别针。她马上把它解下来。

"我要美美地、慢慢地吃你！"吃人肉块巨人对他手里那个大兵说，"然后我再吃一二十个下面那些小蛆虫！

你们逃不脱我，因为我跑起来比你们快五十倍！"

索菲悄悄地跑到吃人肉块巨人后面。她用手指头捏住那枚别针。当她走近那赤裸裸、毛茸茸的大腿时，她用足了力气把别针上三英寸长的针拼命插进吃人肉块巨人的脚腕子。

巨人痛得一声惨叫，跳得半天高。他扔下那个大兵，用手去抓自己的脚腕子。

好心眼儿巨人知道他的机会来了。"你被蛇咬啦！"他叫道，"我看到了它咬你！这是条可怕的毒蛇！这是条立时三刻要人性命的最毒的毒蛇！"

"救命啊！"吃人肉块巨人打雷般地号叫起来，"吹起喇叭来！我被一条最毒最毒的毒蛇咬了！"他"啪嗒"一下坐到地上，双手抓住他的脚腕子，用手指头去摸别针，"那条要人性命的毒蛇，它的毒牙还插在我的脚腕子里！"

好心眼儿巨人看见他的第二个机会来了。"我们必须马上拔掉毒蛇的毒牙！"他叫道，"再不拔掉，你就死得比死尸还要死了！我来帮你！"

好心眼儿巨人在吃人肉块巨人旁边跪下来。"你必须用两只手一起紧紧握住你的脚腕子！"他吩咐道，"这样可以不让最毒的毒蛇的毒汁流上你的大腿，再流到你的心脏！"

吃人肉块巨人乖乖地用两只手握住他的脚腕子。

"现在闭上你的眼睛，咬紧你的牙齿，把头朝天，祈祷吧。我来把最毒的毒蛇的毒牙给你拔掉。"好心眼儿巨人说。

吓坏了的吃人肉块巨人乖乖地完全照办。

好心眼儿巨人马上示意把粗缆绳拿过来。一个大兵赶紧把粗缆绳递给他。吃人肉块巨人双手抓住他的脚腕子，好心眼儿巨人轻而易举地把他的两只脚腕子和双手捆在了一起，紧紧地打上一个结。

"我在把可怕的毒蛇的毒牙拔出来！"好心眼儿巨人把结拉紧的时候说。

"快一点儿！"吃人肉块巨人大叫，"趁我还没中毒死掉！"

"好了，"好心眼儿巨人站起来说，"你现在可以睁开眼睛看了。"

等到吃人肉块巨人看到自己被捆得像一只火鸡时，他大叫一声，震得天也发抖了。他又是打滚又是扭动，又是挣扎又是蠕动，可是一点儿办法也没有。

"你干得好！"索菲叫道。

"是你干得好！"好心眼儿巨人低头对小姑娘微笑着说，"你救了我们所有人的性命！"

"请你把那别针还给我好吗？"索菲说，"它是女王的。"

好心眼儿巨人把那枚漂亮的别针从吃人肉块巨人的脚腕子上拔出来。吃人肉块巨人大叫一声。好心眼儿巨人把别针擦干净了还给索菲。

真奇怪，发生了这么一场热闹，其他八个打呼噜的巨人一个也没醒过来。"他们一天只睡一两个钟头，睡起来就加倍地沉了。"好心眼儿巨人解释说。

陆军首脑和空军首脑坐在他们的吉普车里，重新把车开过来。"女王陛下将会对我深感满意。"陆军首脑说，"我可能得到一枚奖章。下一步怎么办？"

"现在你们都把车开到我的山洞，把我所有装着梦的瓶子装上车。"好心眼儿巨人说。

"我们可不能为那些垃圾浪费时间。"陆军首脑说。

"这是女王的命令。"索菲说。她现在已经回到好心眼儿巨人的手上。

于是九辆吉普车开到好心眼儿巨人的山洞，接着，把装着梦的瓶子搬上车的伟大行动开始了。要搬上车的瓶子共有五万只，每一辆吉普车要装五千多只，完成这个任务花了一个多小时的时间。

当大兵们把装着梦的瓶子搬上车的时候，好心眼儿巨人和索菲到高山那边不见了。等到他们回来，好心眼儿巨人肩上背着一个布口袋，它有一座小房子那么大。

"那里面是些什么啊？"陆军首脑想知道。

"样样想知道，老鼠辫子翘。"好心眼儿巨人说着，把身体背向了这个傻瓜。

当好心眼儿巨人确定装着他宝贵的梦的所有瓶子全都安全地装上了吉普车以后，他说："现在我们开车回吃剩鸡那里，让它们来吊这些可怕的巨人。"

吉普车于是开进直升机，五万个梦一瓶一瓶被小心翼翼地装进直升机。接着大兵们都上了飞机，只有好心眼儿巨人和索菲还留在地面上。他们全体又回到躺着那九个巨人的地方。

现在看到这些巨大的飞机盘旋在巨人的上空，真是壮观。可是看到那些巨人被发动机可怕的雷鸣声惊醒，那就更加壮观了。而最壮观的却是看那九个可怕的野兽在地面上扭来扭去，像九条强壮有力的巨蟒拼命想挣脱捆住他们的缆绳和铁链。

"我要死了！"吃人肉块巨人咆哮道。

"我要没命了！"嚼孩子巨人吼叫道。

"我要完蛋了！"嘎吱嘎吱嚼骨头巨人雷鸣道。

"我要翘辫子了！"抱汉包巨人狂呼道。

"我要命归阴了！"肉油滴滴答巨人呼喊道。

"我要见阎王了！"啃姑娘巨人尖叫道。

"我要活不成了！"大吃特吃内脏巨人呐喊道。

"我要渴死了！"喝血巨人哀号道。

"我要呜呼哀哉了！"屠宰巨人怒吼道。

　　九架准备吊巨人的直升机各选定了一个巨人，一直飞
到他的上空停下来。每架直升机的前部和后部放下了很结
实的带钩子的钢索。好心眼儿巨人利索地把钩子钩住了巨

人的铁链，一只钩子靠近大腿，另一只钩子靠近胳膊，接着巨人慢慢地一点儿一点儿升空了。巨人们狂呼乱叫，可是一点儿办法也没有。

好心眼儿巨人让索菲再次舒舒服服地待在他的耳朵里，就快步跑回英国去了。所有的直升机聚在一起，紧紧跟在他后面。

这真是惊人的奇观，九架直升机飞过天空，下面各吊着一个被捆住的五十英尺长的巨人。巨人自己也一定觉得这是一次空前的经历。他们没有停止过吼叫，可是他们的叫声被发动机的轰隆轰隆声压下去了。

当天开始黑下来的时候，直升机全部打开了探照灯，把灯光对准了在下面奔跑的那位巨人。他们飞了一夜，到达英国的时候天正好蒙蒙亮。

喂食时间

当那些巨人被捕的时候，英国这边正忙得不亦乐乎。国内每一个挖土工人和每一台挖土机都被动员起来挖掘一个巨坑，要把那九个巨人永远地囚禁在里面。

一万名工人和一万台机器不停地在弧光灯下通宵工作着。这个大规模工程好不容易及时完成了。

坑大约有足球场的两倍大，深五百英尺。坑壁是垂直的，工程师们计算好，一个巨人一旦放了进去，他就完全没有可能逃出来。即使九个巨人一个站在一个的肩膀上叠罗汉，最上面一个离坑顶还有五十英尺左右。

九架吊着巨人的直升机停在巨坑上空。巨人一个接一个被放到坑底。可他们仍旧被捆着，这时候开始了给他们松绑的工作。没有人肯下去做这个工作，因为巨人一旦获得自由，必定马上将放他自由的倒霉家伙吃掉。

好心眼儿巨人照旧有他的办法。"我已经跟你们说过，"

他说，"巨人不吃巨人，因此我下去，一转眼就可以给他们松绑了。"

几千名入迷的观众，包括女王在内，低下头来往深坑里看着，好心眼儿巨人被用一根绳子放了下去。他到了坑底，把那些巨人一个接一个地松了绑。他们站起来，伸伸被捆僵了的手脚，开始愤怒地蹦跳起来。

"为什么他们把我们放到这个该死的深坑下面来？"他们对好心眼儿巨人大叫着问道。

"因为你们吃人豆子，"好心眼儿巨人回答说，"我一直警告你们不要这样做，可你们一直把我的话当耳边风。"

"既然这样，"吃人肉块巨人咆哮着，"我想我们就吃掉你抵偿！"

好心眼儿巨人一把抓住悬空的绳子，及时被拉出了深坑。

他把从巨人国带回的那个胀鼓鼓的大布袋放在坑顶。

"里面是什么？"女王问他。

好心眼儿巨人把一条胳膊伸进布袋，拉出一样带黑白条纹的东西，有一个人那么大。

"大鼻子瓜！"他叫道，"这是叫人恶心的大鼻子瓜。陛下，我们从此以后就请这些叫人恶心的巨人吃这东西！"

"我可以尝一尝吗？"女王问道。

"不要，陛下，千万不要！"好心眼儿巨人叫道，"它的味道像臭鱼，像烂肉！"说着，他把这根大鼻子瓜扔到下面去给那些巨人。"你们的晚餐来了！"他叫道，"吃上一口吧！"他从布袋里拿出更多的大鼻子瓜，把它们扔下去。下面的巨人又叫又骂，好心眼儿巨人哈哈大笑着说："他们吃这个是再合适不过了！"

"等这些大鼻子瓜都吃完，我们喂他们什么呢？"女王问他。

"这些大鼻子瓜是吃不完的，陛下。"好心眼儿巨人笑着回答说，"我还带来了一大捆大鼻子瓜秧苗，在这布袋里，如果您同意，我就把它们交给御用园丁种到土里去。那么，我们就可以永远有这种叫人恶心的食物喂这些叫人恶心的巨人了。"

"你多么聪明啊！"女王说，"你没有受过很好的教育，可你真不笨，我看得出来。"

作　者

　　世界上每个国家，凡是过去被那些该死的吃人巨人光顾过的，全都给好心眼儿巨人和索菲发来了祝贺和感谢的电报。国王、总统、首相、总理等等各种各样的领导人给大巨人和小女孩寄来赞美和感谢的信，还有奖章和礼物。

　　印度领导人送给好心眼儿巨人一头了不起的大象，这

正是他一直以来梦寐以求的。

阿拉比亚[1]国王送给他们一人一头骆驼。

惠灵顿送给他们一人一百双惠灵顿靴子。

巴拿马送给他们美丽的巴拿马草帽。

瑞典送给他们一桶甜酸肉。

泽西岛送给他们羊毛套衫。

全世界对他们的感激之情说也说不完。

英国女王本人下令，马上在温莎大公园，靠近她自己的王宫，建造一座特别的巨宅，用来给好心眼儿巨人住。在这座巨宅旁边再造一座漂亮的小房子，那是给索菲住的。好心眼儿巨人那座巨宅里有一个特别的梦贮藏室，里面装上了几百个架子，架子上放满了他那些宝贝瓶子。不仅如此，他还被封为王家吹梦大臣。他得到允许，在一年的任何一夜可以跑到英国的任何地方去，把他那些了不起的

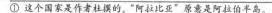

① 这个国家是作者杜撰的。"阿拉比亚"原意是阿拉伯半岛。

"仙境游"吹进睡着的孩子们的窗子。上百万小朋友的来信像潮水般涌进他的家，求他去他们那里走走。

　　与此同时，全球的旅游者蜂拥前来，惊讶地低头观看在那巨坑里的九个吓人的吃人巨人。他们专在喂食时间来参观，这时候管理员把大鼻子瓜扔下去，听着巨人们开始啃嚼那些天下第一难吃的蔬菜时传来的可怕的大吼大叫和嘎巴嘎巴的声音，那真是其乐无穷。

只发生过一次灾难。有三个傻瓜吃中饭时啤酒喝多了，爬过围住深坑的高围墙，自然，跌到深坑里去了。下面那些巨人欢声雷动，接下来就是嚼骨头。管理部门负责人马上在围墙上贴上一张大告示，上面写着：

严禁喂巨人吃东西！

从此以后，灾难再也没有发生过。

好心眼儿巨人表示，他希望学会把话说得规范，爱他像爱父亲一样的索菲自愿每天教他。她甚至教他识字写字。他真是一名了不起的聪明学生。他空下来就读书，他成了一位了不起的博览群书的大读者。他读了查尔斯·狄更斯（他不再把他叫作"炒肉丝·炒肝丝"了）的全部作品，他读了莎士比亚的全部作品，名副其实地读了几千部其他的书。他还开始写散文，讲自己过去的生活。索菲读了以后说："这些文章写得非常好。我认为有一天你也许会成为一名真正的作家。"

"噢，我太想了！"好心眼儿巨人叫道，"你认为我能做到吗？"

"我想你能做到。"索菲说，"为什么你不把你和我的事

写成一部书呢？"

"好极了！"好心眼儿巨人说，"我这就来写写看。"

于是他写了。他写得很用功，最后写出来了。他很不好意思地把它送给女王看。女王把它念给她的孙子孙女们听。女王说："我认为我们应该把它正式印出来出版，好让其他孩子也能读到。"这件事就那么办了，可因为好心眼儿巨人是一个极其谦虚的巨人，他不肯写上自己的名字。他改用了别人的名字。

你们会问，好心眼儿巨人写的那本书在哪里啊？

这不就是他写的那本书吗？读到这里，你正好把它读完了。

罗尔德·达尔有以下身份：间谍、王牌飞
行员、巧克力历史学家，以及魔药发明家。他也是
《查理和巧克力工厂》《玛蒂尔达》《好心眼儿巨
人》和其他许多精彩故事的作者，到今天为止，他
依然是世界上最会讲故事的人之一。